少年諸葛亮

王悅振、劉京科——著

CONTENTS

目次

引子

有詩云：

滔滔沂河向南流
天地歲月悠悠
功名利祿隨波去
丹心報國志
一腔戀鄉愁

陽都臥龍歷風雨
布衣儒士武侯
齊魯分疆鍾靈地
千古隆中對
大業胸中謀

東漢末年，軍閥割據，社會動盪，戰亂不斷。儘管如此，在沂河中游一帶，地盤仍由官家掌控，陽都大地上鄉民的日子倒也還能過得下去，社會還有幾分安寧。

河西岸陽都城，居住著諸葛姓氏的龐大家族。史載，諸葛姓氏家族的老家原為諸城，「諸葛河出官莊社蒲溝，有諸葛泉，東北入於濰，疑諸葛豐故里。」歲月變遷，諸葛族內賢能志士長途跋涉，遷徙來到當時的陽國，在沂河岸邊春秋時代便繁榮於世的城邑——中丘住了下來。

「閔公二年，春王正月，齊人遷陽」，陽國被齊人侵併，齊國與魯國劃設疆界，於是雙方在中丘邑建齊魯分疆石閣。

中丘邑，又名諸葛城，還有一名為王僧辨城。

對於葛溝一名，當地有多種說法，一說當時的人們把大河稱為溝，閣立溝畔，故名「閣溝」，因有葛姓氏族居住，久而久之，「閣溝」變改為葛溝。

又說因諸葛族人從諸城遷此，所居住的地方，沂河像一條巨大的溝，諸葛族人把家安於「溝」畔，從此在這片美麗富饒的土地上勤奮勞作，繁衍生息，讓炊煙在此飄蕩，久居於此，便有了葛溝的地名。

後，齊國把陽國吞併，陽國自然降為城邑。「凡邑有宗廟先君之主曰都」，陽國便成為陽都，其城為陽都城，諸葛姓氏一部分人便從陽都城南不遠的中丘城（或曰「閣溝」或葛溝）遷往陽都城內。

至秦代，中央政府在此處設陽都縣。

由於諸葛家族人士勤勉努力，苦學求進，飽讀五經四書，深受儒家思想薰染，襟懷坦蕩，識書達理，恪守仁義禮智信、溫良恭儉讓的道德規範，所以賢能輩出，族人中多代多人深受朝廷器重，為官為宦。

在為官為宦的諸葛族人中，最有名且最有成就的則是西漢元帝時期的諸葛豐。諸葛豐因通曉經學，特立剛直，先是為侍御史，不久元帝擢他為司隸校尉。到諸葛珪、諸葛玄兄弟，儘管戰亂愈演愈烈，但諸葛珪任泰山郡丞，諸葛玄後被袁術任命為豫章太守，諸葛人士在當時仕途上的作為可見一番。

西元一八一年（光和四年）的一個春日（有說是初春，有說為暮春），一場綿綿的春雨過後，暖暖的南風把大地吹醒，把種子催生出芽兒，芽兒從厚厚的土層中鑽出來，張望著燦爛的春天。此時那些灰禿椏杈的樹木早已返青，春風拂柳，花朵開放，藍天下，熬過寒冬的鳥兒在爭相鳴唱，蜿蜒的沂河碧水透徹，如一道藍色的彩練舞動在大地，曠野一派生機。

這是一個黎明前的辰光，濃濃的夜色籠罩大地，陽都城內，一整夜臨盆前的催陣，讓諸葛珪的夫人章氏不時地發出痛苦的呻吟。陣痛稍稍輕緩之時，章氏疲憊地把目光投向木櫺子窗戶。

亮光從木櫺子窗戶透進來，清新的早晨、新的一天已經來臨。

腹中的生命在蠕動，章氏兩眼朦朧地看著那木櫺子窗戶，呻吟的楚痛讓她眼睛微閉。屋外，雄雞一唱，萬雞合鳴，天下泛白，冥冥中一道耀眼的星光透過木櫺子窗戶，刷地一下撲進屋內，再等章氏睜眼看時，天已大明，如豆的燈火紅熒熒地仍在照亮著整個房內，接著又是一陣劇烈的催陣，之後章氏一番痛苦地掙扎，一個新的幼小的生命哇哇墜地。

守候在夫人身邊的接生婆孫娘，神情專注地忙著接生。

一輪紅日噴薄而出，光芒萬丈，照亮大地。接生婆孫娘熟練地把嬰兒的臍帶剪斷，打上一個牢牢的結，把初來乍到這個世界的孩子牢牢地結在光明的世間。接著她俐落地用手摳了摳孩子的嘴，把黏涎摳了出來。孩子哇地一聲，接下便是哇哇地一陣啼哭。哭聲是那樣的清脆嘹亮。

孫娘把隨後下來的孩童衣包處理好，做完一切接生的必要事情後，用早準備好的小棉蓋地（被子）把孩子裹了，輕輕地放在身心疲憊的章氏身邊。她滿臉帶笑地走到外間，告訴正來回踱步、焦急地等待消息的主人諸葛珪說，是一個小主人。並且把衣包交給他，讓他親手到前院天井裡挖坑埋掉。

諸葛珪聽後興奮異常，照孫娘說的到前院把孩的衣包埋了，之後回到後院來，忙進屋來到榻前。他看著臉上很是平靜的夫人，輕輕地把蓋地往下動了動，看著那個剛剛來到世間的小生命。

母子平安，諸葛珪內心的喜悅溢於言表。

此時的夫人章氏是那麼地安詳與幸福。

諸葛珪走出房門，他又來到前院，幾隻羽毛鮮亮的大公雞在初升的陽光下神情高昂。一隻大蘆花公雞看見主人，抖抖亮羽，伸長脖頸嘹亮地一聲啼鳴。大雞大吉，諸葛珪內心更是喜悅，他來到正廳，對著天地連拜了三拜，然後燃起了三柱敬天的大香。香火繚繞，滿懷虔誠的諸葛珪從那嫋嫋升起的煙火中靜讀著天地的神聖，盼上蒼為世間黎民、為諸葛家族，為自己一家，為孝子賢孫賜福。

諸葛家族喜添新丁，衣冠盛事，本族大儒士諸葛之手握羽毛扇邁著方步前來賀喜。當他聽說章氏臨盆前雄雞報曉，朦朧之中感覺一道耀眼星光劃進諸葛祥瑞福地之後，輕輕搖動著羽毛扇感歎曰，雄雞高歌，喚醒金烏，乃屬雄雞也。星光明亮，光芒萬丈，此必光耀於九州疆土，乃我諸葛家族、我陽都大地之驕傲，名，可取一個亮字。

諸葛珪家中新添的這一丁員，便是後來大名垂宇宙的諸葛亮。

諸葛珪的好友，樸頭山的樸頭道人聽諸葛之老先生為其起亮之名字贊曰，極好，極好，亮必亮於四海之邦。

亮四歲時，私塾先生宋然觀其聰慧和善之面相，頻頻點頭對諸葛珪說道，一孔之明，仍洞徹天地，字可為孔明也。

登襆頭山、喝沂河水不斷成長的諸葛亮，山川賦予了他靈氣，江河賜給了他秀氣。從懂事起，他便聽從老先生諸葛之講授子曰：「學如不及，猶恐失之。」「放於利而行，多怨。」「里仁為美。擇不處仁，焉得知？」「君子欲訥於言而敏於行。」禮、樂，德之源，詩、書，義之府，諸葛亮隨恩師宋然集聖賢之氣，習禮樂，約之於禮，讀尚書、詩經，誦天地大書，在儒家忠孝禮儀的傳統文化氛圍中一天天長大。儒之禮，之讓，道之柔，之謀，環境的薰陶，道德、智慧，仁義禮智信，在他童年少年的人生段落，如根鬚在雨水的季節裡痛快淋漓地往下深紮一樣，深深地在他的世界觀中拓展，儒家的道德規範打下了他人生忠誠奉獻的基石，這也便有了胸中有城府，能抵百萬兵，陽都大地小諸葛，少年處處顯神通的美譽。

西元一八五年，諸葛亮五歲便有他人不可想像的謙和禮讓之舉動，至一九四年，他隨叔父諸葛玄離開陽都前往豫章的九年時間裡（諸葛亮離開陽都的時間，一說為初平四年，即西元一九三年，二說在興平元年，即西元一九四年，三說是興平二年，即西元一九五年，因學者暫無最為確切的考證證明是哪個年說，本文暫且傾向於興平元年，即一九四年），故土的風情、時事的變遷、師長的教誨、人情的冷暖，讓他的人生經過了之後才有了超越。在他超越了喪母之痛、超越了故鄉之離別的苦難之後，他的精神世界有了超脫，因此心胸得以開闊，意志得以堅定，這種超越和超脫讓他的精神境界更高，目光更遠，同時也把他培養成為一個有膽量、有情懷、有謀略、有勇氣、有觀察力和判斷力的完人。那些彰顯著他身有君子風範、君子文采的執禮甚恭，大丈夫立天地間養浩然正氣的大智大勇，那種仁存於心，禮存於心的博愛虛心謙和博學，仁義忠恕，那些計上心來，運籌於帷幄之間，決勝於千里之外的動人掌故，及柔中有剛，剛正不阿，不卑不亢的英雄氣慨，光鮮照人，如滾滾沂河之水，隨日月向前流淌。

一 讓瓜之德

西元一八五年，靈帝中平二年的初夏，春風似乎剛剛把桃李杏樹上的骨朵吹紅，剛剛把禿枝椏杈的樹木吹得碧綠，把那山坡上河岸邊的一叢叢竹子花、蒲公英花兒吹得紅紅的黃黃的，把黏黏朵花吹得紫紫的，也把羊角瓢的小白花吹得一朵一朵那麼潔白樸素俊美，把所有的花兒吹開吹落，火熱的南風一刮，一個個的小小果實又被熱風吹大，把小青杏吹成了金黃。

陽都城諸葛珪府上，管家張誠跑前忙後地忙活著。張誠人如其名，真誠實在，純樸善良。他的家在陽都城的城南，妻子黃氏是一個賢慧善良、淳樸厚道的婦人。

一天上午，黃氏站在牆院外邊的大杏樹下，看自家的杏兒熟了，就想應該摘些杏子送到諸葛府上。

杏在蒙山周邊、沂河兩岸所產的水果中，是屬一年中下來較早的果品。自家的杏熟了，應該讓老爺他們一家人嘗嘗鮮。黃氏想著，便回家進屋拿來小竹籠。

黃氏所拿的說是「小竹籠」，其實並不是竹子做的，而是用秫秫莛子編好，再用麻繩綴起的具有提籃功能的小籠。她來到杏樹下，伸手把那一個個壓彎枝頭的肉嘟嘟的大黃杏摘下來，摘了滿滿的一竹籠子，然後回到院子，倒在泥盆子裡用水洗了，洗淨晾乾，再盛進竹籠，於是提了向諸葛府上走去。

諸葛珪家在陽都是有名的大戶人家，宅院坐落在城內東北處，東面不遠便是從沂河河底聳起的高高的城牆。諸葛府上的大門前面是一個廣場，正東面隆起的神壇用於祭祀活動。偌大的廣場除祭祀外，春時農人在此曬曬種糧，秋時放一些從野外收割來的穀子、菽子、高粱、稷子等莊稼。站在城牆邊的空場上向東放眼望去，沂河河面自上而下寬闊舒展，沙灘向上向下延伸數里，連綿不絕，河兩岸樹木蔥綠，河水浪花翻捲，大水之時更有沂水拖藍之勝景，向西北遠望有山，山水相映，真乃一幅大情大景的天然山水畫圖。

提著滿滿一竹籠子大黃杏的張誠的女人黃氏向諸葛府上走來。她走在一條南北大街上，不一會便來到諸葛府的西面，黃氏向裡望去，諸葛府內花園裡那幾棵大白果樹枝繁葉茂，一個個巨大的樹冠猶如撐起一把把綠色的大傘。

府牆外生長著一棵棵高大的楸樹、榆樹，歷經滄桑的大楸樹老榆樹，依然在生長著、茂盛著，為諸葛府上增添了生機。

兩隻喜鵲站在大榆樹的枝頭，喳喳的叫聲是那樣清脆。

一路走來的張誠妻子見大榆樹下又出了好多的小榆樹。春天裡那大楸樹、老榆樹高大的樹桿上，春風一刮，楸樹上的喇叭花就開了，老榆樹上那麼多的榆錢兒就長大了，在春風中蕩漾的榆錢，成熟後被風刮得滿城都是，榆錢兒落地生根，不但在這牆根處，那府前的廣場邊上，也生長出了一棵棵的小榆樹，才幾年光景，小榆樹也長成了大榆樹。現在，幾場小雨之後，新一茬的小榆樹又長了起來。

小諸葛亮和哥哥諸葛瑾等幾個小夥伴正在府前的廣場上玩耍著。

也像落地生根的小樹一樣生長著，歲旦之後增以新的年輪。年之後的祭祀神靈、祭祀祖先的盛大儀式上，跨進新歲已經五歲的小諸葛亮跟在成人後面，懷著對天地的敬畏，對祖先的追念，邁動壯士一般的步伐，莊重地走進從遙遠而來的民俗的隊伍，在生生不息的煙火中，在祭壇前叩拜天地，叩拜祖先，一招一式滿懷虔誠。開春後，小諸葛亮便隨哥哥諸葛瑾一起進入學堂，跟府上請來的宋然先生識字，聽宋先生講經論道。

此時正是課間，頑皮孩子們下課後跑在府外，諸葛瑾和兩個孩子在空場上你追我趕在打鬧著，小諸葛亮則有自己的心事，張誠的妻子黄氏一眼便看見他在榆樹下尋找。哦，她知道他是在找知了猴（金蟬）。雨後，知了猴拱出窩來，他在已出了知了猴的小窩旁邊觀看，用小手指往裡摳摳，看看還能否從小窩裡找到知了猴。是啊，榆樹下，每到麥季，一場小雨之後，會爭相破土拱出那麼多的知了猴，比竹筍生長還快，這個生長的季節給了小諸葛亮無盡的歡樂。他愛廣場邊上的這些在有雨水的季節裡生長的小榆樹，好多時候，他都和小夥伴們在這些榆樹上爬上爬下。

張誠的女人黄氏招呼了幾聲玩耍的孩子們，孩童依舊在玩耍，她頓了頓步，便提著那一竹籠子大黄杏進得諸葛府來。

諸葛府上的大宅院分為三層，前為客廳，用於會客，公事；中為家眷所住，後面則是廚房、糧倉和傭人居地。

諸葛珪的夫人章氏正站在院子裡賞看池中的蓮藕，觀蓮藕葉子下面自由自在地游動的魚兒，見張誠家的提著一大竹籠子麥黄杏來了，說是讓老爺、夫人和孩子嘗鮮，忙笑著接過來，她命人給正在廳內讀書的老爺送去了幾個，自個兒拿了一個嘗了嘗。杏個大溜圓，黃得發亮，有八分熟，章氏咬下一丁點杏肉，滿嘴的酸味就讓她流口水，她笑著說，好味道，好味道，真開胃，真格地好味道。然後讓家人招呼在大門外玩耍的孩子來吃杏子。

家人到大門外招呼小諸葛亮和他的哥哥諸葛瑾等幾個孩童快來吃杏。一聽吃杏，五、六個小夥伴羊群出圈一般地湧著跑來。

小諸葛亮也像小山羊羔子一樣隨大夥跑進來。進門之後，他看到哥哥諸葛瑾和小夥伴們圍著母親伸著手，兩眼瞅著竹籠，吵鬧著要杏，就停住了腳步，站在周邊看著母親分杏。

章氏從竹籠子裡拿出杏來分給每一個孩子。小諸葛亮呢，見大家都拿到杏子以後，他才走上前去。

母親把三個大黃杏放在諸葛亮的小手裡。小諸葛亮看看母親，就把小手中那個最大的熟得金黃金黃的遞給母親。母親親切地摸摸他的頭，笑著說她已經吃過了，牙都酸了，你們小孩子不怕酸，快吃吧。

小諸葛亮又看看手中那個大個的杏，他沒有捨得吃，而是把兩個小杏吃了，他要把那個大黃杏送給宋先生。

想獲得，並且想得的比他人多是人的天性，眼看著小諸葛亮面對大黃杏不爭不搶，一旁張誠家的黃氏心想，「老爺家的這個小主人木木地站在一旁，連爭怎麼也不會呢？」這事在她的心上成了一個心結。

不久，張誠家的這個心結上，又打上了一個結。

太陽毒辣辣地曬著，轉眼到了夏天，張誠家種的那一片瓜結瓜了，瓜享受著溫暖的陽光，很快甜瓜就甜了、面瓜也面了，梢瓜也長大了。下來頭茬瓜，張誠家的自然首先想到的是諸葛府上，她就摘了一籃子梢瓜，還有幾個熟好的甜瓜面瓜，挎著來到諸葛府上，叫主人嘗瓜鮮。

夏天天熱，孩子們沒有上課，都在後花園玩耍。諸葛珪夫人讓人把張誠家拿來的瓜洗了，放在用秫秫莛子編的「鱉蓋」裡端過來，招喚在後花園玩得正有興致的孩童們。諸葛瑾等幾個兄弟姊妹一聽說吃瓜，就都紛紛跑來，盛滿瓜的「鱉蓋」放在石臺上，孩子們跑過去，伸手拿起瓜來便吃。「鱉蓋」裡有甜瓜面瓜，跑來的孩子自然是爭拿甜瓜面瓜。這時張誠家的看到，諸葛瑾一手拿了一個大面瓜，另隻手把一個大的梢瓜也拿起來，小諸葛亮跑過來之後，看著大家爭相去拿，小夥伴們都拿完了，他仍然站在一旁，等大家都揀甜瓜面瓜爭相拿了，他才上前去拿瓜。

「鱉蓋」裡除梢瓜外，還有兩個面瓜一個甜瓜，出乎張誠家的黃氏想像，小諸葛亮拿了一個梢瓜。

黃氏看看小諸葛亮，上前伸手把甜瓜拿起來，遞到他的手裡，要他吃甜瓜。小諸葛亮衝她笑笑，接遞過來的甜瓜，高興地吃起甜瓜來。

看著小諸葛亮先是摸起了梢瓜，再看看現在他甜滋滋地大口吃著甜瓜，章氏親切地用手撫摸著兒子的頭，她笑了。

想想上次送來麥黃杏時小諸葛亮不爭不搶的情形，兩次同樣的舉動，張誠家的仔細看看眼前的小諸葛亮，她在心裡想，「這個小孩子都已經五歲了，甜瓜面瓜與梢瓜哪個好吃都分不出來，他難道沒有吃過？」但又一想，「甜瓜、面瓜他吃的還不少哩，去年自家地裡的瓜熟了後，就早早地摘了送來，自己還親自把一個大甜瓜掰開，給了諸葛亮和他的哥哥每人各一半呢。眼下這個孩子怎麼不去搶著揀大個的甜瓜拿，而與吃杏時一樣，兩次都是落在最後，況且現在還有兩個面瓜一個甜瓜，他卻拿了一個沒有多少甜味的梢瓜。」張誠家的看看「鱉蓋子」裡的那一個面瓜一個甜瓜，再看把手裡的瓜快速吃完的孩子，又把好吃的甜瓜面瓜拿去了，張誠的女人黃氏看看小諸葛亮吃甜瓜的神情在猜想，「甜瓜甜，面瓜香，梢瓜是個小水缸，他也喜歡吃甜瓜。但他開始自己拿的是沒有多少甜味的梢瓜，此事在她心裡產生出種種疑問，五、六歲的孩子了，香甜不辨，難道是缺心眼不成。都說將來這個小諸葛亮出人頭地，有大作為，單憑這點看，近乎於憨的舉動就表明他的心眼不一定夠用。」

在諸葛府上待了一陣子後，回家的路上張誠家的想為自己解惑，回到家後她的心裡始終一直在嘀咕，小諸葛亮那兩隻眼裡的光多有精神，多睿智，看上去並不憨啊，但他的心眼到底夠不夠用呢。

當天下午張誠回家，黃氏就問男人，主家的小諸葛亮是不是心眼有點不夠用？張誠問何以見得。黃氏就把上一次送杏和這次送瓜的情形繪聲繪色地說了一遍。

張誠聽後哈哈地大笑著對妻子說：「你真是婦人之道，俗語曰小子孩子三歲知老，小諸葛亮是一個五歲的孩子，他不但不憨，且他的做法勝過我們成人。你知道嗎？上次你送的杏，他拿著一個大個的送給了宋先生。先生對著杏一陣點頭讚歎，說如此年少，便有君子風範。君子異於人者，在其存心也。這次他是知道甜瓜和面瓜少，就把甜瓜面瓜留給他人吃。好多時候我們成人都做不到這一點，他這麼小的一個孩子卻能做到了，這種想著他人的不爭和謙讓品質多麼的難能可貴。這既是大仁，更是大愛，更是一個人的內在德性。他才一個幾歲的孩子，這麼小的年紀就用大愛來善待他人，日後必得他人仰之敬之，你還以為他的心眼不夠使用，你用小的心眼來觀察大的襟懷，用小人之心度君子之腹，說明的是自己的淺薄啊。」

張誠的一番話把黃氏說得臉紅了。

張誠又說：「宋先生不止一次地提到小諸葛亮的行為處事，細心觀察過小諸葛亮的一舉一動之後，先生歎謂道：『德乃人生之追而求之的最高目標，小小諸葛亮的每舉每動，處處表現著君子之禮，展示出生而知之的聰穎智慧，大德大能，反映著品德修養的高尚，他在用一顆恭敬之心面對世間的一切。一個孩子如此之謙恭，必成大器。』」

二 最貴重的禮物

燕子呢喃著把春從南方馱向北方，馱向陽都大地。隨著春天的腳步，清明前的一天，諸葛玄回到了闊別三年的故鄉。

站在前宅院大廳門前，面對東西兩側的那兩大墩芍藥花，諸葛玄感慨萬千。每每芍藥花開放的時候，嬌豔碩大的花朵俊美得像一張張少女的臉龐，前來府上拜訪的客人便佇立一旁靜靜地欣賞，他們對著如巨掌般大且多瓣的花朵讚不絕口，喜不自禁地用心享受這天然的純真之美。幾度花開花謝，幾度柳綠桃紅，隨著花謝水流，自己清瘦的面頰上，也一蓬鬍鬚在歲月之風中飄蕩了。

諸葛玨、諸葛玄兄弟兩個看著兩蓬在春的呼喚中從地下拱出的嫩紅芽子，訴說著這多年離別的思念。

「叔叔回來了，叔叔回來了！」下了課的諸葛瑾、諸葛亮聽到管家張誠告訴他們，叔叔諸葛玄回家來了後，邊高興地喊著邊飛也似地向前廳跑來。

父親和叔叔正站在廳前交談。親兄妳弟相見，手足相聚，別有一番滋味在心頭。叔叔諸葛玄見侄子們跑來，忙笑著往前迎了兩步，兩臂張開親暱地把跑在前面的諸葛亮攬在懷裡，摸摸他的頭，再一把把一同跑來的諸葛瑾、諸葛均拉過來，摸摸他們的頭，高興地說道：「都長高了，幾年不見，都長成壯士了。」

血脈相通，至愛親情，在叔叔身邊，諸葛亮的心靈上頓時湧動著大情大感的人間之暖。

久別話親，一番對答後叔叔讚瑾有俊偉之軀，小小年紀便弘雅和謙，對事有見解；讚亮機敏持重，質樸自然，且又少年老成；讚均頑皮無邪，天生純粹。大家親熱地訴說了一陣子後，父親諸葛玨一指廳內几上的物件說道：「瑾、亮、均，看你叔叔給你們帶來了什麼禮物。」

諸葛瑾和諸葛亮、諸葛均隨父親的指向跑進廳內，叔叔帶來的是學字書寫的幾支毛筆。除此之外，還有一張琴。

叔叔諸葛玄跟進了屋裡。他很疼愛自己的侄子們，他把毛筆拿起，授給諸葛瑾、諸葛亮、諸葛均，每人一支，並把兩支大筆送與瑾、均，要三位侄兒日後好好寫字，寫知我者，謂我心憂，不知我者，謂我何求，悠悠蒼天，此何人哉；寫大仁大愛、高風亮節、忠義賢明。

叔叔諸葛玄對諸葛亮心存偏愛，他給予侄兒每人一支毛筆，並且又給瑾、均各一支大筆後，他看了看几上的琴，笑著對瑾、均說道：「琴，只帶來一張，予贈小侄，恐大侄怨；贈大侄，而小侄定有不快，那我就先給你們兄弟三人中在大者前小，在小者前大的亮吧，二位想法如何？」

諸葛瑾道：「撥琴弄音，亮弟高超我與均，琴落知音者手，叔叔與我等之願，日後更有佳音可聞。」

諸葛玄聽後拍拍諸葛瑾的肩頭笑曰，侄兒見底深刻，不以物重，叔心寬矣。然後他兩手托起自己帶來的一張琴，很是鄭重地送與侄子諸葛亮。

三年前，諸葛玄離家去外地為官之時，臨行，五歲的小諸葛亮撫琴一曲，弦韻雖是稚嫩，但透出血脈親情相別的那種戀戀不捨，那跳動的每一個琴音裡，都在訴說祝願與祝福的大情大景，從那次的離別之琴聲中，諸葛玄感覺到他的侄子諸葛亮雖小，但他的音樂天賦極高，撥琴弦可與江河波濤同韻，可伴高山青松高唱大風，接韻律與江河湖海氣勢合鳴。三年過去，肯定侄子弦內弦外的功夫陡增，更彈得一手好琴。贈一張琴，可聽空山鳥語，可聞江河浪濤，可視沃野千里，可觀雲捲雲舒，抒胸中之意，與蒼天對話，彈出人生志存高遠的心曲。他要讓自己的侄子在今後路漫漫其修遠兮的人生旅途中，用琴聲陪伴心靈，陶冶情操直至高尚，在琴聲中，把一顆真心昭示天地。

諸葛亮恭敬地接過叔叔手中的琴，他看著那張用漆漆得鋥亮的琴，然後小心地放在幾上，用指輕輕一撥，清脆悅耳的音符便在廳內迴蕩，透出無限的美妙，接著他便彈奏了相傳為春秋時期的晉國師曠或齊國劉涓子所作曲調高雅、萬物知泰順，和風蕩滌之意境，懍然清潔，雪竹琳琅之音韻的《陽春白雪》。隨後又彈一曲前不久父親教與他的曲調激昂、展現高義、聲音絕倫，可謂名士絕響的《廣陵散》。這首剛剛在世間流行的琴曲，抒發出的是壯士剛陽的情懷，指法的嫻熟，曲意內涵的表述，讓叔叔諸葛玄進入一種欲說不能的心靈感應境地。

弟弟歸來，又給孩子帶來高雅之物，諸葛珪心悅之。他看了看三個孩子笑著問道：

「叔叔為你們帶來一片心意，愚兒有何回贈？」

諸葛瑾看看父親笑曰：「愚兒可以三觴美酒，答謝叔父。」

一腔童稚之心的諸葛均說道：「我誦一首童謠，獻給叔叔。」

接著諸葛均就背誦起了童謠：

沂水長，沂水長
沂水靈氣滋潤陽都高城牆
陽都出棟樑
棟樑築宮堂

諸葛珪聽到孩兒所背童謠，大喜。他對弟弟諸葛玄說：「你走後不久，這首童謠便在陽都大地廣泛流傳，沂河滋養孕育，這片厚土生長棟樑之材之地，定會應驗童謠。」

聽到父親的一席應驗童謠之話，諸葛瑾看看父親又看看叔叔，他說道：「叔父與父親雙雙為國效力，不正是陽都所出棟樑嗎？」

叔叔諸葛玄親切地撫摸了撫摸三個侄兒的頭，把最小的諸葛均拉進自己的懷前笑曰：「我與你父不過老雞矣。雞站山巔，也並無雄飛之意。你們兄弟三位兒郎可稱鯤鵬，可謂臥龍，鯤鵬在低谷，斷不失凌雲之心，展翅便可扶搖直上，直沖霄漢；臥龍雖臥，一旦騰起，便騰於雲端。我陽都三河六岸，地肥水美，受陽光雨露滋潤，鐘靈毓秀，物華天寶，人傑地靈，自春秋忠厚傳家，詩書繼世，人人懷君子之德，個個求學苦讀，焉有不出棟樑之理。棟樑之材便是你們。」

諸葛珪聽後哈哈大笑道：「你叔叔說得極是，吾兒要勤學苦讀，奮發努力，以管仲、樂毅先賢為標，目光放遠，胸懷天下，以求宮堂棟樑，達人生最高之境。斷不可蠅利在先，缺義少德，做鼠輩小人耳。」

叔叔特意送給了諸葛亮一件可表心聲的貴重禮物，兩曲彈奏過後，諸葛亮想，在這美好的春天裡，何不也送給叔叔一件他最喜歡的禮物呢。他機靈一動，對叔叔諸葛玄說道：「叔叔，我也給您準備了一件禮物。」

叔叔問他是什麼禮物。

諸葛亮笑笑說：「叔叔，我給您的禮物不在身上，她在曠野中的河岸邊，在山岡下，在春風裡。您略等片刻，我去把那小小的禮物拿來給您。」

小諸葛亮說著，還沒等叔叔猜想出是件什麼禮物的時候，就跑出了家門。

諸葛亮出了城北門，他快步走向沂河邊。這是一個春光明媚的季節，河岸上，那棵棵老柳煥發出勃勃生機，柳枝以它的柔姿在舞動著春天。諸葛亮來到了一棵大柳樹跟前，從柳樹上折下一根細柳條，把柳條擰動，抽出潔白的柳骨，留下很短的一節，把一頭的周邊用指甲輕輕刮去老皮，做成了一支柳笛。

小諸葛亮把柳笛銜在嘴裡吹了吹，既氣不暢，又不響亮。他又用指甲在那刮過老皮的地方重新刮了幾下，邊刮邊說：「哨，哨，你響，給你老娘撓癢，撓發了，撓疼了，吱啦，又行了。」之後再銜在嘴裡一吹，細細的柳笛氣暢自如，音質嘹亮，驚得老柳上兩隻黃雀撲愣愣飛走。

有一支高音的柳笛之後，小諸葛亮又折了一條粗一點的柳枝子，他用同樣的方法，做出了一支低音的柳笛。好聰明的小諸葛亮，為讓叔叔心存綠意，感覺春天的美好，特意跑到沂河邊上，做出了聲音悠揚婉轉，情意綿綿的柳笛。然後高高興興地手拿著他準備獻給叔叔的禮物——兩支柳笛回家。

不大會兒的工夫，小諸葛亮回來了，他手中拿了兩支小小的柳笛。

諸葛亮送給了叔叔諸葛玄一支柳笛。

管家張誠一看見這份所謂的「禮物」，竟然是用一節小柳樹枝的皮皮做成的一支小小的柳笛，他呵呵大笑著說：「我以為是什麼禮物呢，原來是一根柳樹枝的皮皮。」

諸葛亮看看張誠後笑笑說：「我叔叔很喜歡我給他的這份禮物，叔叔一定感覺很貴重。你應該知道我的用意，我要把美好的春天，把春天的笛聲給我叔叔帶來，我叔叔聽到春天的柳笛聲，他會很高興的。」說著，他就吹起手中的另一支柳笛。

這的確是一份貴重的禮物。

多年在外，沒有聽到家鄉的柳笛聲了，一個成年人，又有多少年沒有吹最原始也最心愛的柳笛了，看到柳笛，他的內心是多麼地想吹。看著侄子遞上來的柳笛，叔叔諸葛玄的內心是多麼地激動，他接過這世上帶著春風的微笑、最好最美、最有價值的禮物。一接，他便接過了一顆童心，含在嘴裡輕輕地一吹，吹響了，柳笛隨著氣流的大小，聲聲是那麼的親切，諸葛玄帶著激情用心在吹，他吹出一支大情大義的鄉曲，吹濃了親情，吹得自己的心靈潔淨，直吹得他感到家鄉是那麼可愛，親人是那麼可親，更是把自己吹回到了快樂的童年。

柳絲絲抽去潔白的筋骨
叔叔諸葛玄用它吹奏童年活潑的樂譜
春來了，隨燕子的翅膀飛來

到哪兒去，在這小小的柳笛上永駐

吹著柳笛，叔叔諸葛玄很是高興，他要幾個侄子好好珍惜這純真的少年時代，把一顆心放在童年純潔、少年夢想的春天裡，讓心靈在燦爛陽光的照耀下，永遠清純。

三 陶作坊

陽都城逢五排十大集，每到曆法的逢五遇十，宋然先生都要放學一天，讓學童自由自在地放鬆玩耍一天。

今天學堂歇學，小諸葛亮約上他的好夥伴孫茲、李容、孫啟，一同向城南走去。他們要去城南的一家陶作坊找他的好朋友張玨。

此時張玨正兩手緊扶木樁，左腳站立，右腳用力均勻地蹬著輪子，坐在輪子一旁的師傅把一塊泥巴放在旋轉的輪子中心，熟練地用手捏著泥團，泥團在旋轉的輪子上、在師傅的手中花朵綻放一般，不經意間就變成了一件漂亮的生活器具。

蹬輪子的張玨認真地做著他的事情的同時，不時往街上瞟一眼，今天是曆法的逢五排十，城內逢集日，小諸葛亮不再跟隨先生苦讀，可以放鬆自己，盡情玩耍。他知道諸葛亮和那一幫夥伴一定會來這個作坊，在這裡捏他們想要的泥玩具。

想想和諸葛亮等夥伴玩耍的光景，張珏的臉上現出幸福。他們一同奔跑在小雨中的河沙灘上，一同在河邊打鬧、在水中逮魚摸蝦、並且一次次領著大小七八個孩子到出產窯泥的地方挖泥，然後用柔軟得像麵團一樣的泥巴整一隻隻的大公雞、整小牛小豬，捏小老鼠。想想那些快樂時光，轉眼間自己就大了，已是少年，少年既要替家中分心，還要有一門手藝，日後憑勞動、憑手藝掙飯吃。

陽都城南，生產黑陶的作坊一家家連在一起，大大小小的黑陶作坊有十幾家。出產的那些大陶盆、小陶罐、小盆大罐、燒水凹底子泥壺、缸、罇、罍、斟、甕等從這裡運出，銷往陽都大地，銷往沂河上下遠遠近近的城邑、村落。

泥巴連著孩子的天性，城內有這麼多生產陶器的作坊，熱愛泥土的諸葛亮又和張珏是好朋友，每到逢五排十，只要是陶器生產的季節，小諸葛亮就與他的小夥伴一起，結夥成群到製陶作坊去找張珏，觀看具有陶藝手段的藝人製作罇、罍、泥壺、泥盆的過程，捏自己喜歡的小雞小狗。

心靈手巧的張玨很有創造性，整出小缸後，便在那缸沿上畫上水波紋，那有起有落的水波紋，給缸增加了動感，添上了藝術，人們叫那帶有水波紋、不很大的缸為小花缸，有了水波紋的小花缸的價錢比普通缸的換錢多。諸葛亮和他的小夥伴們在生產陶器的作坊裡看著看著，他們的手就癢癢，心就癢癢，就去替張玨蹬輪子，去在小缸上畫水波紋。

陶藝師傅們也很喜歡諸葛亮他們這幫孩子，在不忙的時候，就為他們製作小小的陶罐，讓他們下河時作逮魚摸蝦的盛魚蝦之用。

張玨心靈手巧，去年春在一家王姓人家開的作坊學徒，天性好動的他有空就用窯泥捏些小泥人，小雞小鴨，捏了就送給諸葛亮等小朋友，他還會製作叫「塤」的泥樂器，放在窯裡用火燒了後，吹起來聲音低沉嗚咽，因此諸葛亮他們就經常到王姓人家開得作坊去玩，與張玨一起捏泥人泥雞，製作陶塤。

這一天，小諸葛亮、李容、趙啟三個夥伴到了王姓的陶作坊，正在大堆窯泥原料上用腳踹泥的張玨一見他們到來，就停下來和他們說說話，邊說話邊伸手揪起一塊泥巴，教幾個小於他的夥伴捏泥人泥雞。正在捏著，主人兼師傅王發來了，他遠遠地就看見張玨沒在踹泥而是在玩，便快步直衝張玨，上前飛起一腳，這一腳踹在了張玨的身上，踹在了小諸葛亮的心上。

一見王發滿臉怒氣、兇神惡煞的樣子，不由分說地動粗，隨同諸葛亮來的李容、趙啟起身就往棚子外跑。小諸葛亮呆愣了一下後，卻忽地上前一步，兩眼望著王發，質問他為什麼打人。小諸葛亮人雖年少，但目光犀利，直刺王發，他用從心底發出的正義目光譴責王發的粗野行為。

王發看看小諸葛亮，冷靜了冷靜說道：「豎子何故與我橫眉相對，是否依仗府上權勢？」

小諸葛亮聲色不懼地辯道：「飛腳傷玨，辱之人格，野蠻行徑。」

王發看看小諸葛亮舌利齒堅，真想動粗，但他不敢妄動，兩眼瞅著諸葛亮。但看小諸葛亮心中之膽讓目光堅毅，他眼中的光也漸漸弱了下來，然後轉身脫掉鞋子，到那大堆半柔不柔的窯泥上踹泥。

小諸葛亮目光炯炯，用眼睛同王發交量了一番後，看看受辱的張玨，再看看跑遠的李容、趙啟，什麼沒說走了。

王發的心裡一陣陣寒，他猛然感到，這個豎子敢於理直氣壯地質問大人，絕非只靠依仗府上權勢，而是內心深處藏而不露的底氣，敢於同大人理論在於膽，抓理道要害在於識，王發的心靈在震撼，他感覺到諸葛亮這麼一個小孩子身上既有膽又有識，有非凡之處，乃非凡之人，心內不由一陣感慨。

諸葛亮不卑不亢地走出作坊，等在不遠處的李容、趙啟早就恨透了王發，恨得咬牙切齒，兩人已經悄悄地商量出一個懲罰王發的好主意。見諸葛亮過來，就把想懲罰王發的主意說出來。李容說：「王發龜子總有不在作坊的時候，那時，我們身帶有尖且鋒利的石塊，悄悄潛於他的晾毛坯場地，或進入他的敞棚中也可，把那些半乾的或晾乾但還沒進窯的罐、缸、斛、盆、甕等毛坯子，給它在底部個個戳上窟窿眼，毀壞他的財富，臭敗他的名聲。」

小諸葛亮聽後尋思了尋思，他搖搖頭，沒有同意這種損壞財富的下流想法。李容不解地質問道：「你看他踢張玨哥的那一腳，殘暴兇狠，對惡人要用惡法還，我們臂力細弱，沒有能力與他在胳膊腕子上抗爭，動點下策心眼理所當然，你為何袒護於他？」

諸葛亮說：「創造財富費工費時，缸盆罐等器物整出來不容易，整出來後，雖說是所換之錢屬於個人，但它已經是世間的一份財富，是大眾之用具，毀壞於你我之手，有悖道德，又於心不忍。」

李容、趙啟聽了，感覺諸葛亮說得很有道理，於是打消了用偏激行為暗中懲罰王發的想法。

但王發對張玨的暴虐，李容、趙啟耿耿於懷。

其實，看到張玨人格與肉體上同受污辱，小諸葛亮心裡很是委屈，儘管他怒目王發，但畢竟是個孩子，回到府上後，純真孩童的那份軟弱從心靈的底層泛上來，他哭了，哭著把事情的原委告訴了娘親。章氏很同情張玨，就叫來管家張誠，讓他出面聯繫了一家作坊。她要求聯繫的作坊掌櫃要性情溫和，為人厚道。咄嗟立辦，通過張誠的出面聯繫，張玨就來到了這一家新作坊當學徒。

學徒時間很短，聰明的張玨便把師傅的一招一式看在眼記在心，很快就把拉坯、成型那些製盆製罐的粗活有了基本掌握，他手巧心慧，輕鬆拉坯，在製出的器具上打滑石粉磨光，捏罐耳捏得靈動精緻，只是手藝並非一朝一夕學成的事，在製作泥壺、罇、大甕、罍的手藝上還欠火候。

特殊的經歷讓張玨和諸葛亮結成了好朋友。諸葛亮呢，每次到城南的這片陶作坊，總是直奔張玨所在的地方。這家作坊的主人兼師傅趙縱為人和氣，心底善良，只要這幫小夥伴們一來，趙縱師傅就停下手中的活，讓蹬輪子的張玨抱舵，喊小夥伴們過去蹬輪子，他就在一旁席地而坐，邊休息，邊笑著看孩子們於製陶的學習實踐過程。因此，諸葛亮不到別的作坊去，專到這家作坊來，其他的小夥伴也就跟著他來到這裡。

諸葛亮和他的夥伴們雖然喜歡玩泥，喜歡蹬輪子，但蹬輪子時因年少力氣小，蹬得力氣不均勻，上來幾下子用勁猛，張玨抱不好舵，一小會兒蹬輪子的勁使完後就累了，這時的陶器要成型，想讓輪子快轉，卻因蹬輪子的年少用不上力而慢了下來，這時的張玨剛剛用心做的一件好窯貨坯子，就在不經意間折損了。

張玨不急不惱，雙手把壞了的坯子用手一拍打，用線從底部往下一割，幾下便把已是廢品的泥巴團在一起，然後從頭再來。

木輪子又被換上來充滿信心的李容蹬起來。

城南這片一連多家的窯貨作坊裡，所製作的大多是些日常生活用品，且都是家庭之用，盛水盛糧飲食所用，與小孩子們的玩耍無緣。一次次地來到窯貨作坊，看著那一堆堆踹得像麵團一樣柔軟很好玩的泥巴，小諸葛亮就想用泥巴來豐富孩童的玩耍，他和夥伴們捏了一些小人、小狗，捏了黃鼠狼、小老鼠、大公雞，還有大大小小的鳥兒。同時也學著張玨製作塤的動作，製作出了一件件陶樂器，他們把這些傑作捏好後，晾乾，讓張玨隨盆罐進窯，放進窯裡經過烈火高溫的歷煉，出窯後，一件件孩童製作的、具有孩童特色的「藝術品」就面世了。

陽都城逢集日的一天，歇學的小諸葛亮和李容他們幾個來到張玨所在的作坊，照例整泥雞泥豬泥狗。張玨在停下來休息的時候，他走到諸葛亮身邊，悄悄告訴他，自己整了一個小泥人，把鼻子血弄在了泥人上面，已經放在了城東的高牆窟窿裡，只要七七四十九天天不打雷，小泥人就能成精，成了精的泥人能聽主人調遣，讓做什麼它就做什麼。已經放了二十天了，只要小泥人一成精，他就要聽從調遣的小泥人去懲治王發。

小諸葛亮聽後便問：「誰說泥人滴上鼻血就能成精的？」

張玨說：「是我奶奶說的，很靈驗，她小的時候，就見有一個法師整了小泥人，滴上鼻血，放在橋底下避人的地方，七七四十九天後真得成了精，法師一點撥，半夜裡那成了精的泥人骨骨碌碌推碾。」

諸葛亮想了想後說：「泥人成精，邪魔鬼祟，是心無善意的邪惡之徒所為。暴力待你的王發實乃可惡，他行惡事是個惡人，惡人千夫所指。但你我要做仁愛善良之人，仁愛善良者乃仁人，仁人存君子氣質，你已經離開他家作坊，過去的已經過去，不必惡惡相報，更不要用陰損的卑劣下作手段去行不義之道。宋先生常常教導說，人要有君子氣度，對可藐視之人，心中藐視與目光藐視便是最好的懲罰。」

張玨一想諸葛亮說得極是，當天中午便到城東高牆下那神秘的窟窿內將小泥人取出。他看看那鼻血已經浸入體內的泥人，再看看藍天白雲，豁然開朗的張玨幾步來到河邊，把泥人慢慢浸入河水，毀於河中，讓懷揣一份怨恨即將成活的妖人隨流水沖向遠方。

張玨把自己丟卻泥妖人的做法告訴諸葛亮後，他們的友誼更為濃厚。在張玨所在的作坊裡，夥伴們認真製作後，張玨給燒製出來的狗雞小鳥就像帶有生命的動物一般，狗有四條腿，雞有大尾巴，活靈活現，甚是可愛。

時間一長，小諸葛亮感覺到那帶有四條腿或大尾巴的動物在手裡玩耍很不方便。塤可以吹，他發現塤的吹孔和出氣孔就像瞪起的一隻隻眼睛，很能表達人的感情。但諸葛亮又感覺到那低沉嗚咽聲反映的不是孩童活潑的心態，孩童需要的是歡快而不是蒼涼。愛動心思的諸葛亮左瞅右相，感覺應該把泥公雞的製作方法簡化，既能有動物的靈動，又能像塤那樣，發出音質，但那音質不是悲徹而是快樂的音符。

這一天又是一個集日，歡學的諸葛亮早早來到城南張玨所在的作坊，他捏了一隻很小的，公雞不像公雞，鴿子不像鴿子的鳥，它沒有翅膀，只是一個有身子，沒有腿，沒有尾巴的鳥，這就註定了它不能叫大公雞。就在這時，天上一隻「鵓鴣」飛來，「鵓鴣」咕咕地叫著，諸葛亮看看天上的「鵓鴣」，靈機一動，就不再給它捏腿、也沒有捏出尾巴，他給這個剛剛整出、只有一個大肚子的泥公雞起了一個好聽的名字：「鵓鴣」。

他叫它大「鵓鴣」。

捏好後，似乎大腦冥冥中有幾絲清脆的樂聲傳來，小諸葛亮馬上捕捉到了這帶有靈氣的悠揚，看看手中的大「鶉鴣」，這不就是吹起來既響又發出好幾個音節的塤嗎，如果是塤，一件玩具可有兩種用途，既能玩又能吹，於是他給大「鶉鴣」掏了一下嘴，像塤有空腔那樣，從嘴下開洞掏腹腔。這一掏，把「鶉鴣」的腹腔掏大了，之後他又學著有音節的塤的樣子開眼。他給大「鶉鴣」開眼並不是在背部，而是從那翅膀所在的兩邊，各掏出一個眼，眼與腹腔相連。製好，晾乾，等作坊再把窯貨坯子放進窯裡燒的時候，張珏就把諸葛亮製作的大「鶉鴣」放進了窯中燒製。

一天一夜的大火，把滿滿一窯的窯貨全燒好了，諸葛亮的寶貝大「鶉鴣」也出窯了。出窯後，小諸葛亮興奮異常，他對著「鶉鴣」的嘴一吹，居然有了非同於塤低沉的音樂聲響。雖然不是公雞的叫聲，但嗚嗚的聲音比塤的嗚咽聲清亮的多，聲音裡有著歡快喜慶的成分，誰聽了都感覺很好聽。

這一發明讓小諸葛亮很興奮，隨之以後，他更精心捏這種「鶉鴣」。他用黏泥進行藝術加工，以藝術的形式捏成一個個「鶉鴣」，成形後，掏腔腹，打孔，然後晾乾，再放進窯內燒製。有著美妙叫聲的大「鶉鴣」從諸葛亮的想像中飛出來，在陽都城內外飛動，很快它就成為當地孩童們的最愛玩具。

大「鵓鴣」飛起來了，善於鑽研的小諸葛亮沒有停止進取，他在思索著更貼近孩子的需求，於是把「鵓鴣」做得大小不同，腹腔不同，因而也就有著不同的音質，大的「鵓鴣」能發出沉悶且有力量的聲響，小的「鵓鴣」聲音則是清脆悠揚。

張玨這個好夥伴對「鵓鴣」的形成起了至關重要的作用，「鵓鴣」能咕咕地叫，與他總是很友好地幫著燒製不無關係，一燒，泥巴有了音質，有了樂感，有了生命。

創造就在不經意間，放在窯中燒製出「鵓鴣」，在窯火中通過燒造，諸葛亮整的一個個大小「鵓鴣」越來越多地出窯了，他揀有藝術性的拿回家，母親章氏笑著誇他的手巧。到府上來的客人見了，向諸葛家人張口討要，於是「鵓鴣」就成了諸葛府上送給他人的禮品，有受贈者，還將此作為重要的家庭擺件。

諸葛亮用靈巧給「鵓鴣」賦予了生命，也給當地有心人以啟迪和靈感，他們在此基礎上，再在大大小小的「鵓鴣」上面點上紅白黃綠的顏色，達到藝術品的完美程度，然後用籃子挎著趕集，走城串巷，使之成為一種時尚的商品。

很快，陽都城及周邊城邑就流傳著孩子們非常喜歡的這種叫「鵓鴣」的泥哨子。小小「鵓鴣」流傳擴散，小「鵓鴣」是小朋友的最愛，這是少年諸葛亮給孩童送上的一份特殊禮物，它在一代代孩童心中成為永久而美好的記憶。

四　良醫譚先生

諸葛珪夫人章氏站在廳堂門前，秋天說到就又到了，那兩蓬春來一簇生機、秋去一叢衰草的芍藥在秋陽下，翠綠的顏色漸漸失去，葉子不再有春日時的那般鮮亮。她看看那一天大起一天的諸葛瑾、諸葛亮、諸葛均及兩個女兒，雖是高興，但也感日月催人。是啊，人生一世，草木一秋，章氏想想自己體弱多疾，心內在不覺中生出一陣傷感。

生下諸葛亮不久，章氏又生了諸葛均。由於月子中沒有調理好，身體一直虛弱，諸葛珪在夫人身上沒有少操心。他請好友樸頭山的樸頭道人前來診過，樸頭道人道業功夫深厚，也懂一些醫術，但診治效果不顯。他請即丘城的先生習印給抓藥調理，結果是藥下了不少，卻沒有投著病。他請河陽的名醫劉業處方，依然不見效果。陽都城內的巫婆、中丘城的神漢也都請過，大神也跳過，然這些有病亂求醫的醫治不但對夫人身上的病症無濟於事，反而越治越啞，直治療得章氏臉色黃焦蠟氣，身子一天不如一天，像燈草一樣輕巧，風一吹就能刮倒。眼下又病倒了，把諸葛珪急得愁眉不展。

這天，諸葛珪打聽到城西四十里處的仲丘城有一位醫道高超的譚和先生。此人醫病藥少劑而病去，妙手可讓羸弱者現生機，是救人無數，除袪諸多病痛疑難雜症的高人。他想，夫人之病症經這位仙醫之手一定會藥到病除。

諸葛珪就吩咐管家張誠與傭人丁貴前往仲丘城，請譚和先生來府上為夫人診病除疾。咄嗟立辦。張誠和丁貴一路打聽著來到仲丘城。見到譚和，張誠便是一驚，譚老先生雖年已七旬，但鶴髮童顏，精神矍鑠，白色的長髯飄至胸前。聽張誠一說陽都城諸葛府上夫人身患疾苦，譚先生不顧年事已高，當天便隨其來到陽都。

譚老先生被接到諸葛府上，觀察夫人章氏神氣、形色，見其面黃肌瘦，有氣無力，望診乃診斷之最高境界，他一眼便對諸葛珪夫人的疾在體表、在肌理一望可知，又詳問夫人之病情感受後，問吃過什麼藥。諸葛珪就把先前請的先生所開藥方拿來，讓譚老先生過目。老先生看著藥方連連歎道：「藥可攻擊毒邪，醫中會救人一命，醫不中，毒邪氾濫會害殺人也。夫人表象看似濕熱，所來之醫都均用治濕熱之方下藥，然夫人之病其實質為寒，再降熱豈不毀人哉！」

譚先生隨即處方，張誠按方抓藥，煎九副藥服下去之後，章氏的氣色便好了許多。

對於家中請來了這麼一位仙風道骨的神醫，八歲的小諸葛亮很是敬佩，一有空他就在老先生面前問這問那，譚和老先生也很喜歡這個多問好學的孩子，沒用幾天工夫，他們就成為忘年之交。

譚老先生對諸葛珪夫人那面目表象看似濕熱實質為寒的疾症用心調理，不足一月，根據病理用藥，味藥量劑且增且減，身體日見好轉。

諸葛府上來了一位醫道高人，陽都城內外有疾者紛紛登門求醫。

這是一個深秋的中午，小諸葛亮和哥哥諸葛瑾正站在一旁聽父親諸葛珪與譚老先生舉杯笑飲間談醫說道，閒話桑麻，述說人情世故，縱論天下大事。

正在諸葛珪與譚老先生笑談間，有個婦人抱著孩子前來向譚老先生求診。

婦人站在大門口不敢進入。

眼尖的諸葛亮看到了大門處怯生生不敢入內的婦人，他走過去問了情況，回來向父親稟報說，有位婦人抱著孩子在大門之外，說是她的孩子這些天一直肚腹不好，聽說府上有名醫，求您開恩，讓老先生給孩子檢查一下病情，開個治疾的方子。

諸葛珪聽後說道：「先生懸壺濟世，今日在此，可讓那婦人抱著孩子進來，讓老先生給診望一番。」

一聽父親應允，小諸葛亮便跑到大門口喚那婦人過來。那婦人怯怯地進來，懷抱孩童站在一旁，譚和老先生聽明了情況，又用手扒開孩童的眼皮看了看，他看看那鬧肚子已經鬧得眼皮都無力睜開的孩子，略一思忖說道，現在秋泥豆花還沒有罷去，回家可擼些爬牆的秋泥豆花，煎餅給孩子吃，孩童泄物白可用白花，紅則用紅花，食花不用兩日，此疾自然祛除。

小諸葛亮在一旁聽著，他驚奇譚先生的診病療疾，連藥也沒有開，這能是在給那鬧肚腹的孩童治病嗎？帶著疑問他就問譚老先生怎麼沒給開藥。

譚先生看看小諸葛亮，呵呵地笑著說：「我所說的那爬牆的秋泥豆花，花可入藥，藥可為花，那花便可是我開的補肚之藥。」

小諸葛亮眨巴一下那雙明亮的眼睛，懷疑地說道：「食物也能作藥。」

譚老先生聽後笑笑，他溫和且慢條斯理地告訴小諸葛亮，世間所有能食之物，皆為上蒼所賜，既能補血補氣，又能提精養神，還能防治百病。我們平時食的諸多蔬果穀物，有好多都可謂是最好的草藥，這些良藥能使人軀體內的陰陽平衡，阻止和祛除體內的病症。蔬果穀物集採天地精華，用特有的力量既能強壯人的筋骨，又能戰殺病痛，使人強健。有時體魄不舒，不需要一味地去尋藥煎吃，時令果蔬便可讓病痛消去。凡是藥都有三分毒性，有些藥用不好還會對軀身造成一定的害傷。

兩天之後曆法逢五，陽都的集日，歇學的諸葛亮和諸葛均在府前廣場上正在打瓦（一種遊戲），那位抱孩子求譚先生診治肚疾的婦人領著孩子走來。婦人滿懷敬意，高興地笑著對諸葛亮說道，那位老先生真是活神仙，他給看病，真謂是神仙一把抓，用秋泥豆花煎餅子吃，沒用兩天我孩的肚就不再鬧騰。你代我好好謝謝老先生。

小諸葛亮停止了打瓦遊戲，忙應著。看看婦人身邊那活潑的孩子，他心裡在想，譚老先生沒有開煎吃的苦藥，他根據食物的特性，醫治好折磨患者的疼痛之症，開的土方子雖然土，卻能治療疾病，裡面有著很深奧的學問和道理。

小小少年的內心很是感慨。

再說府上，經過慢慢的調理，諸葛珪夫人的身體一天好過一天，諸葛珪大為高興。為答謝譚老先生的恩情，他命人到河中打魚，要從沂河中打一條鮮活的大鯉魚，做一道陽都名吃「鯉魚獻禮」，來好好報答譚和老先生。

秋高氣爽，黃天厚土養育著一方勤勞和善質樸的人，田地裡穀物豐收，河水裡魚兒豐收，山岡上野獸成群，掛在樹上的大紅棗紅得惹人喜愛，鍍了金一般的柿子燦燦地像一枚枚小太陽。白雲在高天上靜止了似的，深秋的河水流動得已經不再那麼急，也不再那麼渾濁，它緩緩地，平靜得像一位很有思想的智者，暖暖的陽光下波光粼粼，艄公划動著漁船，在灣區深水處撒下網去。撒網的動感，讓人感覺勞動的快樂。

天真爛漫的小諸葛亮與幾個夥伴走下城來，在河的淺水中邊看遠處大人捕魚邊玩耍。清清的河水中小魚兒特多，一條條小魚歡快地圍著諸葛亮和他的同伴，不時用小嘴親吻著他們的腿，親吻著他們的腳趾。沙中，一條肉嘟嘟的「沙裡趴」被嬉鬧的孩童從沙裡踹出來，「沙裡趴」不甘心被逮，衝出孩童的包圍向深水竄去，引得小壯士們一陣追逐。

在這一條母親河裡，流淌著數不清，說不盡的故事。在府上做傭人的張奶奶春日時給小諸葛亮講過這樣一個故事，滿滿的一河水生息存養著一個大家族，河中有龍，也有泥裡狗子（泥鰍），龍有龍的本領，泥裡狗子有泥裡狗的能為。有條小泥裡狗看著龍能行雨，在一年的初夏，便借著水氣也刮起風浪，淋濕了農人場裡曬的麥子。小諸葛亮想想那可惡的泥裡狗子，一條小小的泥裡狗，不好好遵守水族的規道，卻同妖孽一般，加害百姓，他不能容忍泥裡狗的這種無道少德的行為，便用毛筆在木片上寫上了幾句痛斥泥裡狗子，不讓它繼續在清水中的話：小小泥裡狗子，心眼子歪歪，平時不學好，也敢興風作浪把人害，瘦竹幾片喝令，黑心肝的，趕快逃到有緇泥的地方去當小狗，不得再到清水中來。並莊重地把有令的權杖放入河流。

現在，他們在淺水裡快活地行走著，突然，李容捉到了一條刀鞘魚。這種刀鞘魚雖說是魚，卻有點像泥裡狗，無鱗。但它比起泥鰍來，只是沒有泥鰍那圓圓的軀身。它扁，類似刀鞘，所以人們叫它刀鞘魚。

刀鞘魚還有一個很不好的名字，叫潑婦魚或罵婆魚，它嘴的兩邊各長一個鉤，小諸葛亮從李容手裡把那潑婦魚接過來時，一不小心手指被那鉤扎了一下，扎得淌血汁。

說起潑婦魚或罵婆魚，還有一個傳說，早年河邊居住著一家人家，婦人是有名的潑婦，整天打罵婆婆，婆婆被逼無奈，上吊死了。後來那個潑婦過河時淹死在河裡，變成了這嘴上帶鉤的無鱗魚，人們給它起了個很生動形象的名字——潑婦魚。

手指被潑婦魚嘴邊的鉤扎了一下，扎出了血的的小諸葛亮不顧手疼，他一手攥魚，一手指著魚說道：「潑婦、潑婦，不仁不孝，罵得婆婆上吊，嘴上長鉤，世人恥笑。」

小夥伴們聽了諸葛亮的話，都哧哧地笑了。

後來人們發現沂河中的這既叫潑婦魚又叫罵婆魚的刀鞘魚少了，有人說它讓小諸葛亮恥笑得在沂河中待不下去了，便跑到了微山湖，此是後話。

再看深潭處的打魚人，大網在打魚人手中撒得圓滿而富有詩情畫意，網上的青線紅線兩道線格外顯眼，從漁夫的手中出手後很有韻律地在空中如一朵雲彩飄動，形成耐看耐讀的藝術。幾網撒下之後，便有了讓人驚喜的收穫，一條金色的大鯉魚在網內掙扎，它想逃回水的王國，但大網已經把身罩住，想逃，又怎麼能呢。打魚人高興地把在網中掙扎的大鯉魚從網中取出，站在小船上高高地雙手舉起，向城頭上的人們炫耀其短暫時間便有如此的成果，稟報撒網之後所取得的成績。

陽光照耀在大鯉魚的鱗片上，金光閃閃。

好肥的一條魚啊！站在城牆裡邊遠遠地望著河面上打魚人的諸葛珪笑了，他微笑著對身旁的譚和老先生說道，譚先生真的有口福，船剛划進河裡，才撒下去幾網，便有這麼大的魚兒闖進網內，既是大自然對陽都人的賞賜，也是先生的氣福，過一會咱就用這條大魚表達陽都百姓對您的謝意吧。

小諸葛亮忙與李容、孫茲上前，他們接過那條從船上送過來的大鯉魚，用柳枝子從腮到嘴處穿了，找了一根枯枝做棍抬起，一條肥美的大鯉魚被送到了城牆裡面。諸葛珪，譚先生甚是高興地看看它的口、它的鬚、它的鰭、它的尾，都是金黃中帶紅的顏色，甚是鮮明，漂亮極了。

這是沂河中特有的鯉魚品種，諸葛珪對譚老先生說，當年諸葛府上有位神廚，做這種魚時，將活魚取來，在頭部扎上兩根銀針，魚血便從針扎處流出，流進一個大盤裡，待到魚血流盡，神廚將手中之魚往漾溝口一扔，之後把那魚血中再配以佐料，放入鍋內蒸，出鍋時讓人驚奇，它竟然是一條完整的魚，再到漾溝口處看那扔掉的魚，卻只有皮與魚骨魚刺。高廚走後，此手段便已失傳。

用肥美的魚兒招待貴客，鮮魚鮮湯，鮮美可口，諸葛珪與譚老先生在榻上坐定，命管家張誠把他珍藏的那只有來了最尊貴的客人、在最隆重的宴席上才會使用的白玉卮取出來，為譚和老先生斟滿甘霖般的美酒。諸葛珪與譚先生舉起了酒杯。

推杯問盞，你來我往，諸葛珪與譚老先生飲得痛快淋漓，興致極處，豪情勃發的諸葛珪命樂工唱起相和歌。樂工右手拿著排簫，把曲調吹得舒緩悠揚，左手搖著鞀，小小的播浪鼓敲打出的鼓點與簫聲是那樣和諧。

諸葛珪說，譚老先生手段之高，如同扁鵲在世，手到病除，在陽都城內外名聲鼎沸。你看鄉鄰不論身上長疙瘩癤子，濕熱傷寒，還是體弱乏力，頭暈目眩，都來找您診治，求醫者可謂絡繹於途。

譚老先生連連笑著說：「過獎，過獎。」

譚和先生在陽都的這段日子，正值秋日天氣乾燥，好多孩童的腮腺腫脹起來，腫得像隻小蛤蟆趴在腮邊似的，百姓稱其為「蛤蟆瘟」。

春秋季雖然是蛤蟆瘟多發時節，但春季發病來得猛且重，秋季略輕，真沒想到這秋日裡在陽都城暴發了這種如此規模的瘟病，這種傳染孩童，蔓延迅速的瘟病，且來得很快，譚先生從容面對，他要有患蛤蟆瘟病人家的大人，用核桃枝子煮雞蛋，用針在雞蛋上扎七個眼，一同放入鍋內，加水，雞蛋煮熟後讓孩子吃下，喝下核桃枝子煮雞蛋的水即癒。

核桃，在陽都大地早有栽植。在這方水土，如同燕趙之磁山，核桃作為乾果深受人們喜愛，陽都大地的人們把核桃作為重要的乾果品種食用。張騫出使西域時所帶回的胡桃乃皮薄肉多的特好品種而已，陽都所植核桃為歷年所傳品種，與之比果實皮厚肉少，但其枝葉藥用價值同等鮮明。譚先生讓百姓用核桃枝葉燒水煮雞蛋給患病的孩子服食，低廉的成本阻止了此瘟病的蔓延，換回了一方土地上人們的康健。

就在把蔓延迅速的瘟病消滅之後的一天晚上，譚和老先生與諸葛珪一對知心朋友聊到很晚方才入睡。睡下不一會，譚老先生冥冥之中竟然看到了自己的母親。只見母親把日常用品用一個包袱包好，悄悄地坐在他的身邊。那也是一個深夜，自己上西蒙山採藥回來後的一個深夜，母親一整夜坐在自己身邊，他睡得好香好香。天明了，母親把包袱遞給譚和，送他外出學醫，一直送到朱雀嶺。自己走了很長的一段路之後，回頭看一眼母親，母親依然站在朱雀嶺下的那塊老石頭旁望著她的孩子，慈母的形象是那樣清晰。譚先生一下子醒了，他坐了起來，悵悵地看看黑黑的天，屋內黑黑的，什麼也看不見。他想，後天便是母親謝世十年整的祭日，明天一早理應早早回家，也好在祭日之時好好祭奠母親。他看看窗外，夜深人靜，天氣寒涼，一陣小風吹來，將窗簾掀動了一下，此時，露水該下來了。譚先生兩眼的老淚裡，一直晃動著母親的影子，他輕輕歎道：「一陣乳香知母至，半窗故簾防風來。」

獨坐一會後，譚和老先生披上衣裳走出屋子。院子裡靜悄悄的，看看如鉤的月牙，看看天上和地下是微微的月光，月光柔柔，他從那微明微暗的月光中間，似乎看到了母親的滿頭白髮，看到了母親慈祥的目光，他在心裡說道，明天，應該回家了。

夜散去，露水下來，給人以清爽的涼意。漸漸地東方出現了魚肚白。日頭未冒紅，諸葛珪便起來了，他看譚先生站在院子裡，就來到老先生的跟前。譚老先生見到諸葛珪後便輕輕吟誦一句：「當歸方寸地，獨活世上人。」

諸葛珪一聽，從嵌入當歸、獨活二味藥名，又表達其濟世救人情懷的話語中，知道還有一種成分，那就是老先生要回他的家鄉仲丘城了。

他們一同漫步來到後花園，推心置腹的交談間，譚先生把母親辭世十整年，明天便是祭日的大事說了，諸葛珪感知他一片孝心，雖然依依不捨，但祭奠母親是在世之人的重大事項，於是定好上午設酒話別。

這是譚老先生即將離開陽都城的上午，諸葛珪把大儒士諸葛之、教授宋然先生請來，一同為譚老先生餞行。

大家席地而坐，相知相識、祝福與祝願的話隨杯杯下肚的美酒，釀出大段大段的情感，灑脫的諸葛之即興背誦自己的新作《陽都賦》：「沂水泱泱，大地蒼茫，齊魯合捧璀璨明珠，古城立聳民眾之志，春雨融融，清風滌蕩，禮義在沃壤生根，曠野遍是幸福吉祥。」宋然先生則高歌《沂水吟》。諸葛珪一番「長天蔚藍，鴻雁南飛，我邀秋風對飲」之後，他喚過諸葛瑾、諸葛亮、諸葛均來為譚老先生敬酒。

諸葛瑾執壺恭敬地為譚老先生等諸位賓朋的杯中斟滿玉液，諸位賓朋一飲而盡後。諸葛亮敬酒，他剛在席邊站定，面容慈祥已至半酣的諸葛之老先生突然問道：「醫乃德行大道，除黎民疾苦於妙手間，豎子，習醫若何？」

小諸葛亮一聽本族前輩問他習醫何如，便恭敬地認真回話道：「願聽前輩教誨。他端起滿滿的一觴酒，對著眼前這位仙風道骨的老人深情地說，陽都城銀杏挺挺，如先生之醫術站立，沂水浩蕩，把先生醫德傳向遠方。我看到月光，就會想起你銀鬚的飄然，看到核桃樹，定會想起你除祛蛤蟆瘟疫後眾生的笑顏，您一顆憂憐百姓之心讓我敬仰，我當習之。盼先生早日重踏陽都厚土，晚輩祝您平安康健。」

譚老先生很喜歡這個有著遠大理想的孩子。他看看諸葛亮，在同這個孩子交往中大多說的是一些醫術，行醫需先做人，做人要做正人，做真人，做完人，在這臨離開陽都城之時，應該把自己對這個聰穎孩子的期望說出。譚老先生深思了一下，鄭重地對小諸葛亮說道：「一個人要像天上的鴻鵠一樣，生下來就要有在高天搏擊的大志遠向，人生一世，草木一秋，不可碌碌無為，不為良相，則為良醫，良相治國安邦，良醫為民除祛病痛。吾願你有鴻鵠之志，飛高飛遠。」

小諸葛亮銜譚老先生點點頭，把不為良相，則為良醫的話牢牢地記在了心裡。

諸葛珪拿出一塊玉璧，贈玉是最為高貴的禮節，譚老先生見好客的諸葛珪贈送給自己如此貴重的禮物，起身推辭，但諸葛珪執意要他收下，譚先生看看滿臉如此誠意的諸葛珪，就雙手接過收下。隨後大家繼續喝酒。

正在大家以酒達意，共話分別之苦、他日有約之時，有個老嬤嬤領著她的孫子向諸葛府內走來。老嬤嬤衣衫不整，領的孩子渾身上下髒兮兮的，守門的家奴一見祖孫這般骯髒樣子，便不讓進門。老嬤嬤一看不讓進就急了，她便不用家人稟報，直接闖進大門之裡去找先生。但是，她還是讓強壯的守門家奴硬攔了下來。

守門家奴與老嬤嬤自然是一番爭執。老嬤嬤領來的那個髒兮兮的孫子站在那裡不停地咳嗽，憋得小臉通紅，十分難受。諸葛珪聽到大門口有人爭執，便讓諸葛亮跑過去看看何故。小諸葛亮到大門口一見情形，不用問就知道是來求醫的，他懷著一顆善良之心忙回去報告父親。

諸葛亮一溜煙地跑到父親和譚老先生面前，說是門口有個領著孫子，想給孩子看症候的老嬤嬤，要找先生給她的孫子看病。諸葛珪一聽便讓張誠喊那看門家人放那求診的祖孫二人進來。

譚先生正在與眾人傾心訴說，一聽有人請他診病便起身迎接，這時的老嬤嬤也進了大門，直奔酒席宴處而來。一進門老嬤嬤就對譚先生說，她的孫子整天咳嗽，特別是夜間咳震得更厲害，那咳震著胸膛，連著心肺，咳得有氣無力，她聽著孫子的咳聲，揪著心地難受。

譚老先生把孩子拉到自己的身邊仔細看了看，伸手摸了摸孩子那髒兮兮的額頭，他知道天氣變化，天變涼，孩子的咳嗽是受風寒引起，望聞診切了一陣後，老先生沒有開藥方子，而是對老嬤嬤說道，你回家，拿著钁鐮子到河邊上挖些茅草根，把茅草根洗淨晾乾，再找些蜂蜜，晾乾後切成段放在鍋裡和著蜂蜜炒，炒得黃黃的，天天用開水沖了當茶喝，不幾天就會好的。

老嬤嬤聽了後，對譚先生千恩萬謝，領著孫子走出了諸葛府，回家去，她要到沂河邊的荒坎上刨茅草根為孫子治咳。

酒罷，譚先生要離開陽都城了，大德之人品質如玉，他把接收諸葛珪饋贈的玉璧拿出，以君子風範把玉璧歸還主人，高尚的品德令小諸葛亮感動。

再說那領著孫子來讓先生診咳的老嬤嬤，後來諸葛亮聽說，那老嬤嬤用這種土法子果真把那孩子的咳嗽治好了。

譚和老先生一次陽都之行，讓小諸葛亮增長了好多醫學知識。他深有感慨，補肚用秋泥豆花，治咳用茅草根，用核桃枝子熬水預防和治療好了蛤蟆瘟疫，幾件自己親眼見、親耳聽的事，很簡單的方法就把病給治好了，這事讓小諸葛亮感覺太神奇了，譚先生之所以讓父親器重、甚至敬仰，關鍵是他有為眾人醫療疾苦的本事，有高尚的醫德，他能用自己的一技之長治療母親的病症，療去百姓鄉親的疾苦，一顆善良之心，加獨到的本事行善做事，行善人在行善的過程本身，就有著心境的坦然快樂。他所醫之物件不分高貴與貧賤，均認真面對，特別是面對一位衣衫不整的老嬤嬤領著一個髒兮兮的孩童，家人攔住不讓進，譚老先生一聽卻能迎出來，這是何等的心境之崇高。有本事的人，對於權貴者和社會低層的下人一樣對待，對療祛底層人疾苦同樣非常用心。有本事的人的那些本事，可用茅草根治咳，可用秋泥豆花補肚，可用核桃枝子預防疾病，靠的是不斷地學習積累，靠得是用敏銳的目光善於在平常間發現，靠的是在發現中善於總結和善於思考。任何事，只要做有心人，就會有成就。在遐想的同時，也讓諸葛亮記住了中醫的重大作用。

同譚老先生的交往是快樂的，那是小諸葛亮童年值得回味的事情，多年間，譚先生的清秀飄逸形象讓諸葛亮歷歷在目，特別是那不為良相，則為良醫，良相治國安邦，良醫為民除祛病痛的教導，成為他一生追求的目標。

諸葛亮後為良相，為蜀漢政權的穩定繁榮鞠躬盡瘁，死而後已，深奧的醫道也讓他受益。如後來在其南征蠻地之時，遇到河水中的瘴氣，士兵水土不服，生病的很多，影響了整個作戰進程。為克服水中瘴氣，諸葛亮採用科學的方法把整個行程向前推進，除日升之後，白天渡河之外，最重要的是請名醫用當地的中草藥治療士兵的疾痛，使士兵很快恢復了戰鬥力，中醫的顯著功效在征戰中得到了發揮，與他少年時親歷譚和老先生為民治病的經歷密不可分。

五 祭祀大典

諸葛府前面的偌大廣場，東面緊靠城牆的是高出廣場數尺的高大祭壇。自有陽都城，便有了這一神聖的祭壇。祭天拜地，對天地的恭敬之心，虔誠之意的血脈，承上啟下，代代相傳。

祭壇用黃、黑、紅三色土夯實而成。黃土為底色，黑土和紅土嵌入黃土中間，嵌入的黑土和紅土像一棵歷經風雨蒼勁挺拔的大樹，黑土為樹幹，紅土則形成繁茂的枝葉。

偌大廣場，神聖的祭壇，整個陽都城的拜祭活動、社火表演、娛樂集會都在這裡進行。

祭壇神聖威嚴。站在祭壇上向東望去，沂河像一條巨龍臥於大地，河邊樹木像列陣整齊的隊伍。向西向南望去，不僅陽都城盡收眼底，那連綿的山勢如猛虎伏於坦蕩的沃野。

平時不論男女老幼，任何人是不能登上祭壇的，如果隨便登上了祭壇，那將被視為玷污了神靈，就要受到全城人的譴責和懲罰。只有主祭人在盛大活動時，才有資格登上祭壇。

九月初九，日月逢九，二陽相重，故稱「重陽」。天地萬物歸為陰陽兩類，陰為暗，陽為明，奇數為陽，偶數為陰。九乃奇數，因此重陽。

此時正值仲秋季節，雨水已定，天高氣爽，既是登高遠眺，舒暢胸懷，看那沂河沒了夏日那似野馬般的咆哮奔騰，更像一位儒雅深沉的智者，那麼富有內涵與氣量。登高望遠，抒發胸中一腔情愫，屹立天地間，大丈夫豪情萬丈，一身正氣驅邪免禍，再賞菊飲酒，吟詩取樂，好不愜意。

在這大好時光裡，也是拜祭祖先的重要節日。

觀賞菊花、遍插茱萸。在陽都城，茱萸為「避邪翁」，菊花為「延壽客」，兩者結合，給重陽習俗以吉慶之兆。

進入初平元年的九月之後，陽都大地上的莊稼大部分已經收割，田野中豎起了一個個秫秸攢，大麥下種，穀子上場，菽子歸倉。九九之後基本上屬於農閒的季節，再者它也預示著嚴寒的冬天即將降臨，婦人們要在農閒的這個時節裡，乘著天還不冷，開始忙著為家人添置冬裝。拜祭祖先的人們要進行秋祭，在焚香的同時還要燒些衣物，也好讓先人在陰間過冬。

九九的前一天，諸葛府上便開始忙活，殺豬宰雞，置辦貢品。一切準備停當，只等一場隆重的盛大祭祀活動到來。

九九是個好天氣，日頭從東面升起來，萬丈光芒照耀大地，盛大的祭祀祖先、慶祝豐收活動在諸葛府前的廣場上舉行。祭壇前，諸葛珪、諸葛之率陽都城各姓氏民眾，面對上蒼，面對神靈，肅立起敬，小小的諸葛亮站在父親身邊，虔誠地學習著大人們的動作，一招一式都是那麼認真，虔誠。

祭祀，在等級森嚴的社會裡，可分為太老祭和中老祭及少老祭。太老祭是國家祭祀盛典，可擊鼓九通，鳴金九響，中老祭及少老祭則要依次遞減。在貢品三牲上也有嚴格的規定，太老祭為牛羊豬，中老祭是羊豬雞，少老祭則是豬雞魚。

陽都大地的祭祀開始，在擊鼓三通，鳴金三響之後敬獻貢品，貢上豬雞魚三牲，貢上菽子、大麥、穀子、稷子、稻子五穀粢糧，貢上核桃、棗、栗子、白果、梨、花生、蓮子、柿子、杏乾、山裡紅十樣乾鮮果品。

主祭人諸葛珪穿著莊重大方，乾淨整潔，表情肅穆走到祭壇之上，金石音樂響起，他高聲領唱頌祖歌，歌唱祖先功績。

唱罷頌祖歌，主祭人敬香。侍者端上來一個盛了水的銅盆，諸葛珪在銅盆裡洗手淨心，隨之接過家人雙手捧送上來的燃著的大香，把三柱敬天、敬地、敬祖先的大香依次先中、後左再右地插入祭壇之上的巨大香爐內。

香煙嫋嫋，帶著陽都百姓對天地的虔誠，帶著感念祖先恩德、帶著慶祝風調雨順迎來豐收的美好心情，向上蒼，向祖先稟報人間的喜悅歡樂。整個祭壇上空都瀰漫著幸福的味道。

莊重的儀式上，接下來便是所有祭祀人員跪下，向天地、向祖先三叩首。

敬獻三柱香之後，主祭人頌讀祭文。

惟初平元年，諸葛珪率陽都眾生，節居重陽，感天地恩澤，沐祖輩榮光，傳錫萬載。

巍巍蒙山，滔滔沂水，天高地厚，普照陽光，先人道德，全城共用，天空藍藍，白雲飄蕩，祖宗保佑，雨順風暢，物阜民豐，功德無量。念祖訓德孝先兮，每年南風撫柳，率眾植公孫樹于廟堂之周，教子孫勤學苦讀兮，家家育棟樑之材成長，尊祖勵志兮，承傳精神，同心同德兮，共赴患殃，克己復禮，勤勞儉樸兮，本色不忘。祖上祺佑，定卜隆昌。

主祭人諸葛珪頌讀祭文完畢後，公焚帛書。燃著的帛書在諸葛珪手中沿香爐邊上轉了三圈，化作一縷青煙，在香爐內升入天宮，慰告祖先。

接下來便是熱烈的場面，整個陽都城的男女老少載歌載舞，踩高蹺，舞長龍，跳五猖。踩高蹺的男女興高采烈，舞龍的壯士讓一條長龍在空中翻騰，跳五猖的五位壯士分別穿青紅黑白黃五色服飾，戴著面具，手與腳及整個身子蹦跳在鑼鼓點上，表演出各種動作。人們在這九九重陽的豐收時節，讓龍頭高昂，長龍擺尾，舞龍舞出奮發向上的精神，跳五猖驅魔降邪，消災降害，求吉納福，保一方平安。

儀式結束後，諸葛珪命管家張誠和家人把所打的一蓋頂子連一蓋頂子的重陽糕端出來，分發給孩童和婦人，自己則邀城中三賢五老回府，在大廳聽著優美琴音，一同飲菊花酒、吃重陽糕，話著豐收，共唱太平，好不快樂。

祭祀、禮儀，天地君臣的封建傳統通過活動，在諸葛亮的心中根深蒂固地傳承。

重陽節之後天不怎麼冷，但隨即迎來了農閒的時節。再往後是北風一刮，蘿蔔、白菜入窖，不久雪花飛落，冬日到來。農閒之後，特別是冬日，陽都城裡的人們沒有什麼事情可做，在一個天氣放晴的日子，地上雖然是厚厚的雪，但日頭光照得大地暖暖的，在諸葛府上前牆處背風的地方，憋在家中很不自在的人們就走出來，喜歡聚集在一起談天說地。這種場景一直會延續至初春，到還未犁地下種的時候，除閒聊閒說外，他們還以大地為戰場，劃出一個個棋盤，然後便是「四四方方一座城，笑看世間誰英雄，兩個大王爭天下，不定誰輸與誰贏」。

這是除盛大的祭祀活動之外的另一個場景。盛大的祭祀活動熱烈，隆重，冬春在牆根借著暖暖的陽光閒聊下棋則是淳樸的民風民情。

與聽高雅琴音之比，下里巴人的娛樂同樣有著歡娛身心的功效。坷垃棋子就地取材，簡單方便，每一步棋中且蘊藏著深奧的道理。不但是冬春，在其他農閒時間裡，如是夏天到來，鋤完了頭遍地之後的空檔裡，農人們閒歇一節段時同樣如此。再是秋天收割完了莊稼，這時的鄉親在勞動之餘，或在場邊，或在巷口，或在樹下就地取材，用最普通的最不顯眼的坷垃塊石頭子草棒比心計，比智力，比出手，自娛自樂，讓閒暇得以充實。

今年的祭祀與慶祝豐收的盛大活動結束之後，日子一天天向前趕。北風起了，天冷了，雪落了。大雪落後一個天晴的日子，陽光充足，在家憋悶得難受的人們就走出來。血氣方剛年輕的壯漢們到田野裡，到河岸上賞雪，觀看大情大美的冬季自然風光。年長者則是來到諸葛府前牆處，偎在牆根背風的地方沐浴日光，孩童繞於膝下，在暖陽下曬曬日頭地，共話桑麻。此時，那最為簡單的娛樂總是伴隨著他們，有人便用坷垃塊，石頭蛋、樹枝，枯草棒，在地上橫豎劃上幾道，因陋就簡，下起坷垃棋來。

坷垃棋中有大六，有四蹦，有五虎，還有老牛大趕山。

民間自有裁判，娛樂的規矩在不斷地豐富完善，最為簡單的藝術隨之產生，發展。每一種棋盤在劃槓時，隨著藝術的發展有了口訣。畫大六，橫豎都是六道，手持石塊或樹枝之人邊劃口中邊吟著：一道子、兩道子、紅纓子、草帽子，不用數，六道子。吟完也劃完，把枯燥無味的三四五六藏匿在不經意的吟哼之間。

諸葛府上琴聲悠揚，那琴聲時小溪潺潺，時高山流水，時大浪翻捲，時孤鳥於空山啼鳴，小諸葛亮嫻熟的技法，彈撥得美妙絕倫，隨著細嫩的指尖在琴弦上滑動，餘韻繞梁，他把自己完全融入到大情大景的意境之中。

在家撫琴時間久了，章氏就喚兒子起來活動一下，做做其他的事情。這時的諸葛亮就走出家門，來到閒暇聚集在一起或在說著家常，或下坷垃棋的鄉親中間。

下棋，是一種智慧的交量。所下坷垃棋，儘管簡單，同樣卻需要大智慧，明擺著的局面，同是數目相同的坷垃塊或石子，高人便把那死沉沉的幾塊坷垃、幾粒石子擺弄得如同一個個有著奮進目標的壯士，整體一致，行動自若，該衝殺向前時衝殺，該嚴密防守時防守。那些石子、坷垃塊在智者手下有了靈性，兩軍對壘間，不用說它們便找準自己的恰當位置，再看那坷垃塊或石子，又像長了腿似的，走得那麼穩健，不用多少步，就讓他人只顧防守，只有招架之勢，沒有回攻之力。

小諸葛亮來到了這在民間最為簡陋、同時也最富有智慧的遊戲場上，不動聲色地看別人下棋。他專心致志，眼瞅著孫茲的爺爺，那位花白鬍子的老丈手起手落下出的每一步妙棋，他看得入神，心中讚歎身邊的這位乾瘦的孫老頭大腦裡竟然蓄存了那麼多的智慧，這哪兒是在下棋，簡直就是在謀局佈陣，每局棋都像一場戰爭，他那駕輕就熟如同一位有著豐富經驗的將軍在調動千軍萬馬，該出擊時出擊，該丟棄的丟棄，把力量調動得是那樣輕鬆合理，又出奇不意。一局下罷，贏得的自然是陣陣讚聲。

丁大與岳甚是棋藝相當的一對，這天吃過早飯不久，諸葛府前牆處，暖洋洋的陽光下，兩位冤家對頭們就擺開了陣勢。戰場擺開，搏殺得難解難分。

諸葛亮隨幾位大人圍在一起觀看。

看相互勢力相差無幾的棋很有味道，真正的對手是勢力與智慧不相上下，一方超強一方持弱顯示不出高人那城府在胸的博弈水平。此時，丁大的幾招好棋讓他占了上風，嘴角開始微微上翹，顯露出得意神態。面對一片殘局，眼看岳甚就要無力回天。會看的看門道，不會看的看熱鬧，剛剛從家中走出來，走至跟前站在一旁觀看的孫老丈很鄙夷丁大那沾沾自喜的小人之相，他顧不得觀棋不語真君子的規言，微微一笑，當即指點岳甚走了三步。三步讓岳甚走出窘境，之後又在關鍵步數上一點，岳甚也是被人一點就透之人，這一盤艱苦的廝殺，最後讓他的臉上露出了笑容。

諸葛亮看得津津有味，他從謀局佈陣中悟道，在暗暗佩服孫老丈的同時，對這種士法佈陣有了濃厚的興趣。

看得時間長了，諸葛亮發現大六、五虎裡邊很有學問，說穿了就是兵家佈陣，只有布好陣，才能贏得勝利。

棋場散了，回家後的小諸葛亮一直在琢磨下棋的道理。下大六，下五虎，高手下棋要看三步五步，要運籌帷幄，這種下法雖好，但不適合孩童。小孩需要的是三下五除二就見分曉的快節奏。可不可以發明一種帶有孩童下得那種有趣的坷垃棋呢，愛動腦的諸葛亮就把這事放在了心裡，只要一有空，他就在地上劃，他劃呀劃，劃得別人很不理解。

一天，諸葛亮又拿了一塊石子在地上劃，管家張誠問他在做什麼。

諸葛亮告訴張誠，他想發明一種既生動有趣，又有快節奏，適合小夥伴們下的棋。接著他以自己的心理揣摸著孩童少年的心理，他從棋子少、棋盤簡單的方法考慮。諸葛亮想，「老牛大趕山」的下法太繁瑣，道數太多，像個龐然大物。「大六」的下法心機費得失去了孩童的純真。「五虎」規則太嚴，防不勝防。他要創個棋子少，節奏快下法的棋，讓讓少年孩童段的小夥伴們以此愉悅。

一次次地動腦，反覆揣摩實踐，諸葛亮終於在陽都城裡種類眾多的坷垃棋中，創出了一種用坷垃塊或石子最少、每方只需兩塊，也最簡便快捷的新棋法。這種棋的棋盤是「區」字型，雙方各在兩端分別按下兩塊石子或樹葉，走棋者沿線段而動，規則是第一步不能把對方堵死，之後誰能把對方趕得無路可走誰勝，他稱這種棋叫「趕牛角」。

簡便有趣，操作性很強，很快，陽都城的孩童少年們很快就都學會了這種「趕牛角」，不僅冬天，即使夏天之時，出城放牛，讓牛悠閒地吃著草，兩個小朋友也會坐在樹下，用樹枝把棋盤一劃，你先我後地趕起「牛角」來。由於這種棋的下法對於孩子很有吸引力，很快隨沂河向上向下傳播，無腿的棋走出了陽都城。由於棋路的簡單化，適合少年兒童群體的大眾化，它的地域不斷擴大，成了少年兒郎最愛的遊戲項目之一。

六　老貓借糧

在諸葛府上裁縫衣服的張奶奶很會講故事。冬天，張奶奶坐在火盆旁邊，邊做針線邊給圍在她身邊的孩子們講狼蟲護子虎豹通人性，講神仙就在凡間、鬼怪附在人身上，講雷電風雹也有仁義，講蒙山裡年年有七十二場澆花雨，講雹子不砸河岸邊姥姥家。奶奶把她曾經聽到的故事一個個拉出來，就像春天在田地中播撒種子一樣，把故事的種子播進後代人的心田裡。

一次，張氏給小諸葛亮他們講了一個老貓借糧的故事。這個老貓借糧的故事日後引起諸葛亮的不斷思考，他也由此生出了有關於老貓借糧故事的諸多聯想。這諸多聯想首先讓他有了明辨是非的能力，在懷疑中詢問，在詢問中解惑，在追根問底中尋找真理；再者讓他感到，一個人要做好某一件事情，必須動腦思考，運用技巧，調動多方面的力量，僅僅單憑有著是非的分辨能力和直來直去是不夠的。

故事是這樣的：有一年冬天，有一窩貓，家中斷了頓，老貓讓小貓到鄰居老鼠家借糧，小貓就趕忙去了。

小貓到了老鼠家，見到老鼠後就說道：「老貓餐、小貓餐，已無餐可餐，您有糧食借給俺，明年有了糧食還。」

老鼠一家聽小貓來借糧，還什麼已無餐可餐，您有糧食借給俺，明年有了糧食還。大老鼠不理不睬，小老鼠也不理不睬，大大小小的老鼠都不理不睬，它們口也沒開，這讓借糧的小貓很尷尬。

小貓等了一陣子，見老鼠一家老少無動於衷，沒有借糧給它的意思，就兩手空空地回家了。

老貓一見小貓沒有借到糧食，就說：「怎麼，老鼠家不借？」

小貓說：「它們不但不借，還不理不睬。」

老貓聽了後納悶，問道：「你去借糧，是怎麼說的？」

小貓說：「我說老貓餐、小貓餐，已無餐可餐，您有糧食借給俺，明年有了糧食還。」

老貓聽了以後說：「怪不得人家老鼠家不借給你糧食呢，你這樣的說話方式，人家有糧也不借。」

「那我得怎麼說？」小貓問老貓。

「求人不容易，得有技巧，未去之前，你就應該想好要說的話兒。你去了它們家後，無論對大老鼠，還是對小老鼠，你得張獎人家幾句，你去說老贈官、小贈官，我們是好鄰居，貓家有困難，近日已無餐可餐，您有糧食借給俺，明年有了糧食還。你看它借不借。」

小貓聽了老貓的話後，又去老鼠家借糧了。它來到老鼠家門前，恭敬地說道：「老贈官、小贈官，我們是好鄰居，貓家有困難，已無餐可餐，您有糧食借給俺，明年有了糧食還。」

小貓說了這麼幾句話，把老鼠一家子高興得不得了，鄰居重要，有困難就得幫忙，忙答應了借給它糧食，這一趟小貓果真把糧食借了回來。

小諸葛亮聽了張奶奶講的這個老貓讓小貓借糧的故事後，眨了眨眼，他問張氏：「奶奶，貓不是吃肉嗎？」

張氏說：「是。」

小諸葛亮又說：「貓不但吃肉，它還專門吃老鼠，天生的就是跟老鼠私犯，他們是天敵，小貓怎麼還到它家去借糧食？」

張奶奶說：「閒聊唄，我小時聽的，那時老人們就這樣說的。」

小諸葛亮眨眨眼又說：「既是它們不私犯，老鼠家也不該讓小貓跑第二趟啊。」

奶奶說：「借東西是求著人家的事，不說好話辦不成。」

小諸葛亮埋怨起老鼠來，「也真是的，這老鼠應當見鄰居家有難就應趕緊幫忙，有個照應才是，怎麼能不管不問呢？還非要聽好話。」

張奶奶說：「世間之人，哪有不愛聽好話之理，好話順耳。」

小諸葛亮思索了好長一段時間，同樣是借糧，不一樣的語言，會有不一樣的結果，後來他不再去爭論貓與老鼠是不是冤家對頭的問題了，而是從言語上的技巧上分析。想到語言技巧，日後的諸葛亮不由自主地點點頭，一個淺顯的民間故事，裡面包含著深奧的道理啊。

赤壁大戰勝利之後，諸葛亮與劉備舉杯痛飲，談起過江說服孫權合力破曹，在舌戰群儒時成竹在胸的精彩表演：與張昭大談戰略、與虞翻、步騭漫談局勢、與嚴俊狂談學術、與陸績細談背景，及與程德樞你來我往的對話，聯想起張氏老人講的小貓借糧的故事，諸葛亮深有感慨地說，事無論大小，要想做成，不好好謀劃是不行的，即使謀劃好了，但言辭上還應恰到好處。雖然舌戰東吳群儒之時不卑不亢，但那總歸是求著人家聯合抗擊曹氏孟德，打動孫仲謀的，除分析時局到位，相求與他聯合，言辭的確需要一番恰到好處的修飾。

七　此蛋非彼蛋

又一個春天到來了，在任上的諸葛玤要赴泰安郡做他的郡丞了。臨行前諸葛玤撫琴擊筑。一曲悠揚的琴聲之後，五弦筑在竹棒的敲擊下，壯懷激烈，如萬馬奔騰，又似江河水滾滾流動。同姓大儒諸葛之高歌和曰：

泰嶽巍巍兮眾山仰之，蒼鷹盤旋兮高天有路。

諸葛亮隨之也和曰：

慈父別離兮出陽都，壯士之志兮守四方。

之後儒士諸葛之、教授宋然，夫人章氏和諸葛瑾、諸葛亮等兒女們，以及管家張誠等人送諸葛珪踏上行程，一直把他送到陽都城外的官道。

遠山含黛，樹木青青，白雲在高天上流動，陽光下，老牛用力地拉起犁，那吆牛號子高亢嘹亮，聲聲震撼天地，新翻出泥土的氣息隨風直撲肺腑，讓人感到清新。鳥兒自在地唱起春天的歌謠，樹綠草青，一切一切，都讓古老的大地變得年輕。

雖說春花爛漫，但怎麼也提不起諸葛珪夫人章氏的心情，親人離別，雖不是生死之分，她卻也因很長一段不能相見而心痛。

望著身體並不康健的夫人，諸葛珪同樣心事連連，他要夫人多保重。教導瑾、亮、均等孩子要好好聽從母親吩咐，要孩子們好好跟諸葛之、宋然先生認真習讀詩書。

十里相送，終需分別，通向遠方的官道伸向西北，諸葛珪讓眾人止步，大家就此拱手話別，祝諸葛珪一路順利。諸葛珪依依不捨地上車，趕車的丁貴把左手中的韁繩一頓，右手舉鞭在空中一甩，一個響鞭在晴朗的天空下炸響，兩匹馬子歡快地邁開四蹄，拉動車子，馬蹄踏地，嗒嗒嗒地向北而去。

父親走了，諸葛亮兩眼努力地看著遠方大道上那個越來越小的車影。車輛拐過一座山，大山擋住了視線，諸葛亮在猜想，這座山過後，又會是哪一座山豎在父親的面前呢。

送走諸葛珪，大家回家的路上，諸葛之輕輕吟哦《詩經》中的詩句：「泰山岩岩，魯邦所瞻。」他以詩表達對諸葛珪的敬仰厚望心情，用詩歌的靈動送遠去泰山郡履行使命的本族佼佼者。章氏則憂心忡忡，社會日漸動盪不寧，官場兇險難測，她擔心耿直的諸葛珪在外有什麼意想不到的閃失。

憂鬱的諸葛珪夫人和諸位緩緩地走在回城的路上，諸葛瑾為讓母親高興，就把路邊好看的小野花採來，歡心地送給母親。諸葛亮呢，不時回頭看看背後的大山，他把雙手拱成喇叭狀，對著擋住父親的那座大山，用天真的童音大喊了一聲，「父親——保重！」

稚嫩的童音在遼闊的大地上迴蕩。

此次分別的痛苦，在小小年紀的諸葛亮心裡打上深深的印記，回到家後，他食無味，坐不安，一直在想念父親。當天下午，李容、孫茲等幾個夥伴來找他玩耍，他便和夥伴走出陽都城。

小諸葛亮和夥伴們又來到那條他送父親遠行的大道上。他看著目光極處的遠方，憋足一口大氣，對著遙遠的樹木、大山，又一次吶喊出只有兩個字，卻是意味深沉寄託無限相思的一腔情感：父親——

大地合鳴，高山迴蕩，餘韻在藍天下、在山河間震撼。

高聲把胸中的一腔情感喊過之後，畢竟諸葛亮還是一個孩子，然後純真頑皮的他張開雙臂，在藍天下、在原野上像一隻小鹿自由地奔跑，又像展開翅膀的小鳥，在幸福地飛翔。跑過跳過，孩子的天性好奇讓他在天地間尋找，但同時，他又不時地看看擋住父親遠行車輛的那座山的模樣，他把那座高山的模樣記在了心裡。

小諸葛亮和夥伴們走在路邊的沙土上。

走著走著，在一片沙土坡上，諸葛亮見一叢樹棵棵旁的沙土裡有幾枚白色的、同果子米般大小的蛋。看到這幾枚小蛋後，他開始想，哪個粗心的小鳥怎麼丟三落四，把蛋下在了這裡呢？

諸葛亮停了下來，站在那兒靜靜地看那小蛋。

大家見諸葛亮在聚精會神地看什麼東西，都趕過來。看到白色的小蛋，圍在一起七言八語說肯定是小鳥的。但是哪類鳥兒的蛋，誰也不清楚。

諸葛亮蹲在小蛋旁邊，靜靜地看看那蛋。一旁的孫茲說，我奶奶餵的一隻老母雞正要抱小雞，咱何不把這些小蛋拿回家放在老母雞的翅膀底下，讓老母雞給抱抱呢。孫茲的一句話提醒了小諸葛亮，他想，是啊，何不把這幾枚小蛋讓孫奶奶的老母雞給抱出小鳥來呢。為了不讓經過此地的野物畜把這幾枚小蛋給糟蹋了，於是他就把小蛋一枚枚地拾起來，小心地裝進了挎袋裡。大家帶著好奇又快樂的心理，返回在陽都城的路上。

回到陽都城後，諸葛亮和夥伴們跟著孫茲直接來到孫奶奶的家中，讓奶奶把小蛋放在了老母雞的翅膀底下，他們要讓老母雞把小蛋給孵化出小鳥來。

老母雞孵啊孵，孵了沒多少天，小蛋破殼了，但孵出來的哪是什麼小鳥，原來是蛇它舅——蛇蟲溜子（蜥蜴）。

奶奶孫氏和諸葛亮、孫茲、李容看著小蛇蟲溜子，剛剛孵出來見到陽光的小蛇蟲溜子也兩眼望著他們。它們是那樣的可愛。世間萬物，都有著不同的規律，看似是鳥蛋，卻是蛇蟲溜子，這讓小諸葛亮和孫茲想起去年夏天那條淹不死的蛇的事情來。

那是去年夏季的伏頂子天裡，天熱得讓人受不了，夜裡，人們在諸葛府前面的廣場上乘涼，話著世間萬物的特性時，孫老丈講長蟲（蛇）是龍生的，淹不死。在一旁的小諸葛亮聽了後就一直納悶，他想，除了魚等水裡的生靈外，凡是喘氣的都怕水，哪有淹不死的蛇？

第二天他問父親。父親諸葛珪卻沒有正面回答他，而是要他善於觀察，肯動腦子去想問題是對的，但對有些弄不明白的，要親自實踐，看看是個什麼結果。

孫老丈會不會說錯呢，小小的諸葛亮開始懷疑，為了驗證結果，他就想去實踐一次。

河灘是孩童的樂園。這一天上午，諸葛亮和一群小夥伴們正在沂河的河邊上摳螃，摳著摳著，孫茲感覺螃窩裡面滑溜溜的，螃沒有摳到幾個，卻感覺是摳到了一條長蟲。孫茲唰地抽出手，蹦跳著往後撤了幾步，嘴裡大喊長蟲。他的這一喊把沒有心裡準備的小夥伴們嚇壞了，蜂窩上被砸了一石頭似的，「呼」地一下子四散了。

小諸葛亮也怕蛇，但他想起那一夜孫老丈講的蛇淹不死的事，蛇到底淹死還是淹不死，螃窩裡有條蛇，用它檢驗一下不就知道了嗎？他知道李容膽大，就鼓起勇氣、大著膽子走到螃窩跟前，他的這一舉動穩定了小夥伴們的驚慌情緒，跟著走過來的李容沒等別人說話，就把手往螃窩裡伸了進去。

裡面果真是一條蛇。再嚇人的動物也都被人治服了，那條帶花的小蛇儘管不想出來，然想逃也沒地方逃，只有伏手就擒，乖乖地被膽大的李容掏了出來。

這是一條花子蛇，黑紅花紋，有一尺長。掏出後，小夥伴們也不怕了，找來繩子，一頭拴緊蛇的頭部，另一頭拴上了一塊石頭，然後他們找了一個小水汪，把蛇與石頭一同扔進了水汪裡。

花子蛇在水裡整整被泡了一天。第二天上午，小諸葛亮和夥伴們來到小水汪邊上，用棍子將蛇打撈上來，大夥也不再害怕，都圍著看。只見那條小花子蛇的眼睛閉著，一會工夫，蛇的眼睛開始一睜一睜，它活過來了，果真沒被淹死，看樣子很疲憊，但很快蛇就精神了起來，諸葛亮信服了老人講的故事，他讓實踐證明了蛇在短時間內淹不死的道理。

面對一條沒有被淹死的小花子蛇，夥伴們非要砸死不可，說不把蛇頭砸黏，日後蛇成了精就會害人。諸葛亮說萬物生生都怕死，蛇也想活，它也是這方自然的主人，也有生存的權利。說著他便解開拴蛇的繩子，把蛇放了。小花子蛇用兩隻小圓眼看看諸葛亮，再看看孫茲、李容，嗞溜溜鑽進了草叢。

現在，看似出小鳥的鳥蛋卻出了蛇蟲溜子，小諸葛亮帶著這個問題，在上課前詢問宋先生。

諸葛亮說，先生，我原以為是哪隻小鳥丟三落四，把蛋丟在了地上呢，怎麼卻是蛇蟲溜子。

宋然先生聽後告訴他，那白色的小蛋並不是鳥兒丟三落四丟的，它是蛇蟲溜子的一種孵化方式，它本是淺淺地埋在土裡的，借助陽光的熱度來孵化，可能是小動物從旁邊一走，或小風一吹，把卵露了出來，讓你們給撿了回來。這多天，下蛋的蛇蟲溜子肯定正在到處找它的孩子，你得把那些小生命送回到原地去。

明白了這原是一種孵化方式道理的諸葛亮高興地答應著。

此時管家張誠走過來，他在街上遇到孫奶奶，已從孫茲的奶奶那兒聽說了小諸葛亮、孫茲等少年拾的鳥蛋孵出了蛇蟲溜子的事，就哈哈大笑著摸著諸葛亮的頭說：

「亮，你真了不起，孵化的那小鳥，出了小龍。」

八 灶口吊壺

「失火了，失火了！」

諸葛珪到泰山郡赴任不久，家中失了一次火。火雖然不是很大，只是把幾間廚屋給燒毀了，但畢竟是一場火災，府上的女人們想想大火的情形就心驚肉跳。

起火的原因很簡單，就是廚房內放得柴草太多，灶門口收拾得不利索，管廚房的賀娘與傭人在燒著火的時候忙其他的事情去了，結果火燒出來，燃著了灶跟前的柴禾，柴多火旺，把整個廚屋燒著了。

一場火災，諸葛珪夫人章氏被那躥起的火苗子驚嚇得瞠目結舌，自此夜裡常常做惡夢，一做夢就是失火，夢中的一失火就是大火。做惡夢的時間也常常是半夜，不由從睡夢中「火、火」地一陣驚叫，驚出一身冷汗，醒後仍然驚悸連連。

孝順的諸葛亮見母親因為廚房失火、被火所嚇後的精神狀態很不好，就想法安慰母親。每天下午燒火做飯的時候，這時也正是他溫習完上午所學課程之後，他就跑到廚屋去看一看，然後回來告訴母親，廚房裡燒火做飯的賀娘正在盡職地燒火，讓母親放心。

一天一天過去，諸葛亮到廚屋的次數多了，有時見廚房裡切菜洗菜的人手忙不過來，就主動上前幫忙舀水，灶裡的柴該添了，他就往灶裡續柴。自從那次失火後，廚房裡放得柴很少，柴不夠用時，他就忙去柴垛處抱柴。

賀娘在一次次認真地燒火的時候，諸葛亮便站在鍋門口不遠的地方，看著灶內的旺火，看著那從鍋門臉處竄出的火舌，他想火真是一個好東西，沒有火，人們吃不到熟飯，喝不到熱水，火能給人以溫暖。但火也是一個壞東西，火有那麼大的威力，如果你馴不服它，讓它發起威來，那將是一片殘相。

灶裡的火燒得很旺，火舌從鍋門臉處往外一竄一竄，愛動腦筋的小諸葛亮在想，「這竄出來的火，竄到外面沒有派上用場，這不是白白地浪費了柴禾嗎？要是能利用起來該有多好啊。」

他看看灶臺上放著的泥壺。

陽都城出產的這種凹底子泥壺，它用黏泥製作燒製而成，壺身圓型，壺外底部深深地凹進去，壺內底部像小山一樣凸起。要是把泥壺放在鍋門臉竄出的火上面，既煮水，又省了柴禾還省時，豈不是一舉兩得。

但泥壺怕碰，壺內裝水需要平衡，不能流出水來。怎麼樣才能做到掛在鍋門臉上既不碰又流不出水來呢？要是把泥壺吊起來，吊在鍋門口上方，那多餘的火不就有了新的用處了嗎？諸葛亮一邊觀看一邊想，「他看看鍋屋笆，再看看鍋門口，終於想出了一個能把泥壺吊起來的好辦法。」

諸葛亮找來兩個帶叉的樹枝，用斧頭把枝杈剁得一股長一股短，然後用一根麻繩拴在杈的長股上，兩個長杈拴在繩的兩頭，繩兩頭就有了兩個鉤。他讓家人把鉤掛在鍋屋頂上的二檁棒上，另一個鉤垂直下來正好吊在鍋門口的上方，然後把泥壺掛在鍋門臉上方的掛鉤上，這樣，灶膛裡竄出來的火就可以充分得利了。

一根繩兩個鉤，一鉤上掛屋笆上面的二檁棒，一鉤掛壺，掛在鍋門口鉤上的壺裡的水很快就煮熱了，既節約了燒柴，又節省了時間。特別是冬天之時，廚娘們在廚屋裡洗碗洗菜，可用這種半吊著的壺中所煮的熱水，不再為洗刷而犯愁。

母親聽說小諸葛亮機靈一動，把泥壺吊了起來，既節約燒柴又省時省力的事，就來到廚屋觀看，看著半吊在空中的燎壺，她高興地說：「愛子肯動腦，母心舒也。壺吊在半空中，就叫半吊子壺吧。」

母親章氏想想半吊子不怎麼順耳，再看壺是吊在鍋門臉上面的，就又開口更改道：「燎壺吊在鍋門臉上，要不，就叫吊臉子壺吧。」

陽都城內的好多人家聽說了諸葛亮動腦筋，把壺吊在鍋門口上，既可節省燒熱水的時間又可節省柴禾，都來觀看，效仿，不久，好多人家的鍋門臉上方，都吊掛上了一把泥壺，借火煮水。

看著竄出的火苗被壺壓了下去，諸葛亮對母親說，娘，火上面是水，有水神在火的上方，火魔再有威力，也只有低頭服輸，這回，你就不要擔心火魔再竄出來逞威逞兇的事了，夜裡，睡個安穩覺吧。

母親章氏笑著說，是我兒把我心頭上的火魔擒住了，我可以安穩地睡覺了。

從那，諸葛珪夫人章氏再也沒有做讓大火驚醒的噩夢。

九 小小神龜

汪汪汪，一陣小狗叫聲傳來，宋然先生宣佈下課。

這是一條神奇的小狗，它已經跟隨宋先生多年。宋先生來到陽都城，來教授諸葛家族子弟之前，小狗就成了宋先生的愛物。

這隻可愛的小狗有個顯著特點，它的大腦中的生理時鐘是那麼準時，特別是在下午，只要小狗汪汪一叫，就是歇學的時間。

初夏，天還很早，日頭還高高地掛在西邊天上，小狗就叫了，小諸葛亮正在學習的勁頭上，這大好的時光，不用於讀書多可惜啊。

「路漫漫其修遠兮，吾將上下而求索。」小諸葛亮想起大儒諸葛之在講授屈原先賢這句詩的時候，特別強調的是一個「遠」字和一個「求」字，人生之路苦長，但要在這條漫漫長路上不懈求索，不可荒廢年華，需抓緊每一天的時間苦讀聖賢之書，懂大仁大義大禮君子之道，只有在求索中苦讀，頓悟道理，方可以志士之責擔當大任，不辜負此生。

初夏氣溫可人，白日時間長，正是奮發學習的大好時光。既然不能辜負了這美好時光。但怎樣才能讓宋先生多傳授一些知識，唯一的辦法就是讓那隻很有靈性的小狗別叫。或者晚一點叫。

諸葛亮在琢磨讓小狗再晚半個時辰或一個時辰叫的事情。

一天，宋然先生家中有事，交代不多的溫習課程之後，學生便不再上課。諸葛亮溫習完課程，就與小夥伴們到沂河裡玩耍。

他們在河裡玩著玩著，在沙灘邊上的水裡，諸葛亮捉到了一隻小龜。

這簡直就是一隻小小神龜。說它神，除小龜通體金黃、華貴無比，不時伸出長長的脖子，用兩隻小圓眼打量著小夥伴們、表情很可愛之外，似乎它能理解諸葛亮所說的話，諸葛亮讓它爬它就爬，讓它停住它就停住，讓它伸脖它就伸脖，讓它閉眼它就閉眼，可以說只要諸葛亮發出指令，讓它做什麼它就做什麼。

諸葛亮對小夥伴們說：「我要讓這隻小烏龜和先生的小狗成為好朋友。」

幾個同伴用不相信的眼神看著他，哧哧地笑了。

諸葛亮就把小龜拿回了家。

把小烏龜帶回家後，諸葛亮就把它放在了宋先生餵養小狗的地方。那隻小龜呢，也知道它的小主人要它去做什麼，它慢慢地爬向小狗。

對於一隻小烏龜的到來，宋先生餵養的那隻小狗從沒見過這種動物，它好奇地瞅著，「汪」了兩聲，意在問問它是從哪兒爬來的什麼生靈。小烏龜卻不語。就這樣，宋先生的小狗就一直愣愣地看。

小烏龜爬到小狗的身邊住下，它伸長脖子，那兩個圓圓的可愛的小眼睛讓小狗很是喜歡。小狗用爪子撓撓小烏龜，小烏龜不氣不惱，一來二往，小龜與宋然先生養的那條小狗就熟悉了，沒幾天竟然成了好朋友。小狗用嘴巴把它銜起來，用爪子敲打它的蓋，它也不煩。

宋然先生從老家回到陽都城後，繼續他的解惑業釋道，認真地給他的學生講春秋五霸，講管仲晏嬰樂毅，講墨子莊子趙簡子韓非子，講大雅小雅國風詩經。

這一天，一直講學的宋然先生突然感覺到，今天下午的時間怎麼比往常要長，他看看窗外的漸暗的日光，尋思到，應該是下課的時候了，可他心愛的小狗沒有叫，就這樣，這一下午的時間裡，不知不覺就到了太陽西墜，日頭黏山的時候。

小狗叫了，宋先生下課了。

第二天下午，宋先生仍然是感覺時間比以往漫長，他踱到門口，看看天空，日光漸薄，看看院落，忙碌了一天的幾隻麻雀在叫著，一會飛到簷下、一會又飛到屋山頭（屋脊）找地方歇息。宋先生在等他的小狗叫，他相信他的小狗機靈著呢，會報時的小狗不會出錯。

到了昨天小狗叫的時候，那隻靈性的小狗叫了。

學屋外面呢，說來也奇怪，諸葛亮從河裡抓來的那隻小龜只要停止了與小狗嬉戲，小狗就汪汪地叫了，宋先生嚴格按照他的既定時間授業，小狗不叫是不會停止講學的，一聽小狗叫，就才下課。

這樣過去了半月有餘，成熟且善於思考的宋先生感覺時辰不對，細心的他於是就暗中觀察。他不時地看看他的小靈狗，秘密終於被他發現了，當他發現了小烏龜與小狗嬉戲，小狗忘記了報時間時，就把小烏龜逮了起來。

宋先生要懲罰小烏龜。

諸葛亮一看老師把小烏龜逮了起來，他知道先生手中有戒尺，戒尺打在小烏龜的身上，會疼在他的心上，他不忍小龜受戒尺之苦，壯士做事壯士擔當，雖然小小年紀，但有著勇於承擔和敢於承擔精神的諸葛亮忙走上前，把內情向老師說了個清楚。

當聽諸葛亮說到此季節正是不冷不熱，學習的大好時光，老師教書時間與寒冬酷暑的時間一樣，是先生心愛的小狗報時的原因，在河中逮到這隻小龜後，讓它和小狗玩耍，小狗就忘記了汪汪叫著報時。聽到這裡宋先生不但沒有怪罪諸葛亮，反而念諸葛亮好學，就每天都多教諸葛亮他們一些知識。

多麼可愛的一隻小神龜啊，為諸葛亮的好學爭取了時間。

不再用小烏龜提醒老師，小諸葛亮就把它養在了大廳前面那一口生長著碧綠葉子的芙蕖的大瓦缸裡。不久，諸葛亮看到小龜悶悶不樂的樣子，他知道他的小靈性龜在想那清澈的河水，想它的母親，想與它同類的所有親人，沂河裡有它的兄弟姐妹，那清清的河水才是這個小神龜的家啊，那寬寬的河面是它的天堂。於是在初五陽都城逢集，學堂歇學的時候，諸葛亮帶著他心愛的小神龜來到了沂河邊上，戀戀不捨地把它放回到自然的河流，水族生靈的天堂裡。

十 夜觀天象

每每夏天，特別是到了伏天，在那當伏頂子最熱的時候，吃過晚飯後，陽都城的男人們都喜歡到諸葛府前的廣場上歇涼，大家邊歇涼邊話鄉情逸事，談古論今。這一社會大課堂深深吸引著諸葛亮，自從懂事起，他在夏夜經常來到大人們中間，用這種特定的方式接觸社會，感知社會。今夜，諸葛亮早早來到府前廣場，聽老丈們講鄉野趣話，古今故事。

以往的多少個熱天裡的晚上，諸葛府上家人就在天井院子裡鋪上蒲蓆，讓諸葛珪夫人和孩子們在上面納涼。

母親章氏坐在蒲蓆的一端，手輕輕搖著扇子，給諸葛亮和他的哥姐弟妹驅趕著蚊蟲，讓習習的涼風舒緩地掠過孩子們的身上、心上。諸葛亮躺在蒲蓆上，躺在母親身邊，這是他最幸福的時刻。

幸福是一種感受，幸福又是多麼簡單，童年的純真無邪，無憂無慮，在母親身邊的溫馨，只一個躺在母親的身邊，幸福就足夠了。這種簡單卻是大情大愛的幸福，讓日後的諸葛亮時時用心感受。

夜空深邃，天上那麼多的星星，諸葛亮仰面向著天空，他靜心地在看，天上的星星也在眨著眼睛看他。看一會後，他問娘：「那些圍成圓圈的星星叫什麼星？」

娘親就和他說那是「鍋星」。

「娘，我們頭頂上的這些星星，怎麼這麼密啊？」小諸葛亮在問母親。對著天上的星星，小小年紀的他會提出一個個的問題。

娘親指指天，耐心地告訴他，「頭頂鍋，暖和和。」

娘親說：「夏天，當你抬起頭就能看到鍋星的時候，也就是到了天氣最熱的時候了。等鍋星慢慢偏離頭頂時，天就涼快了。」

「那幾顆明亮的星呢？」諸葛亮又用小手指著天的北端。

娘親說：「你說的是像葫蘆勺子一樣的那些星嗎，那叫勺星。」

娘親用手一指連在一起的三顆星對小諸葛亮說：「你看，那三顆星星一條直線的，叫牛郎星。傳說在沂河上游，沂河發源地處有一個放牛郎，在放牛的時候，遇到天上仙女到河裡洗澡，有一個仙女後來成了勤勞樸實善良的牛郎的妻子，王母娘娘聽說後大為惱怒，拆散了他們的姻緣，牛郎坐著老牛的皮追到了天上，眼看就要追上，王母娘娘用銀簪一劃，劃出了一道銀河，牛郎就被阻隔在了河的這邊的故事說了。」

娘親指著那三顆星說：「中間那一顆就是牛郎，兩邊是他的一雙兒女。」

追根問底，小諸葛亮以他的聰明才智深得父母的喜愛，特別是他那總纏著娘親問這問那，萬事都想弄個明白，弄不明白不放棄的韌勁更讓母親高興。

聽著娘親的講解，小諸葛亮對觀天象有了濃厚的興趣。

在對天地間諸多事物的好奇中，小諸葛亮一天天長大。

且說陽都城經常有奇怪的天氣，每年到麥子黃梢的季節，總會有一股從東北方向刮來和季節相反的冷風，緊跟冷風而來的是黑雲密佈暴風驟雨，雨中夾雜著雹子。下的雹子和豆粒秫秫粒子大小時，對莊稼沒有大礙，下的像栗子一般大小，對莊稼來說那可就慘了。傳說，掌管下雹子的神它姥娘家就是陽都城西南一帶，每年到新麥飄香的時候，雹神都要來走一趟姥娘家，年年如此。莊稼人擔心雹神走得太急，那樣會有大雹子，他們摸不清它什麼時候來，也懇請雹神不要走得太急，讓莊稼免受天災之苦。

聰明的諸葛亮看星星看風向，他要弄清楚自然的奧秘，他讓父親諸葛珪帶他到樸頭山，那樸頭山山勢嵯峨，山頂處猶如一位巨人頭上纏著巨大的樸頭，住在山前懷一眼清泉邊上、一塊平坦地場的樸頭道人深探天象奧妙，他要向樸頭道人學習天文地理，為民造福。當小諸葛亮一次次來到樸頭山，向樸頭道人把一個個困惑提出來，樸頭道人總是耐心地一一進行解答。慢慢地，小諸葛亮的天相知識越學越懂，越懂越多。

其實，除樸頭道人外，在陽都城之內就有一位看天相的高人，此人便是大儒諸葛之。諸葛之老先生不但一談儒家學說便口吐珠璣，且上知天文下曉地理，胸腔能納山河雲朵，其心休休有容。當年他曾在仲丘城擔任主薄，年邁告老還鄉之後一直住在家鄉陽都城。表面看他為人處事低調，待人謙和，但骨子裡卻又心大氣傲，一身清高，對自己的本事從不張揚。

又到麥子黃梢時，人們隱隱感覺到了從東北方向又要刮來一股冷風。諸葛亮也感覺到了，他見有人還出城下田，就勸下田勞作的人不要再往田地裡走，說雹子要來。

正在牽牛往田裡走的丁大卻不相信有雹子。他指指天說，你看這日頭，多曬人，小孩子別胡說八道，哪來的雹子下。

丁大走出城，來到自家的地邊上，把拴牛的韁繩往牛背上一搭，將牛放在一片草地上，讓牛悠閒地吃草，他就去地裡間秫秫苗子。剛剛間了沒一會的光景，天象的變化真讓他感覺到那個小諸葛亮說對了，只見一股黑雲從西南湧上來，接著便是暴風驟雨夾雜著雹子來了。丁大趕忙牽了牛往家跑。

丁大把小諸葛亮能預測風雨的事逢人就說，越說越神，好多人聽了點頭稱是。幾天後，丁大在大街上見到了張誠，他停下步對張誠讚歎道，諸葛府上小主人真的了不起，看天文易如反掌，他說有雨雹，果真下起雨雹來了，真乃是神仙眼力。

張誠回到諸葛府上後，就把丁大讚揚小諸葛亮的話向府上人學了，小諸葛亮聽了很是得意。但諸葛珪卻淡淡地說了一句，觀天象的神仙眼力不是一時半刹就能做到的，非拜名師，經高人指點，再勤學苦讀，用盡心力探研不可。

進入伏頂子天後的中伏。俗語說，冷在三九，熱在中伏，諸葛府前廣場上，順河風把涼爽的濕氣往上一掀，便把悶熱捲走，這裡是難得的消夏好去處。這是一個中伏熱暑最為難當的夜晚，城內的大人孩子都往此處聚攏。

廣場上，人越聚集越多。

諸葛之老先生席地而坐，他手中輕輕搖著一把用鵝毛編起的扇子，神情怡然。小諸葛亮坐在老人身邊不遠處，他看老先生在搖啊搖，猛然感覺老先生搖得不是扇子，是在搖著一種智慧。對於老先生手中的扇子，並非驅蚊散熱淺層的功效，而是代表他的精神符號。

黑黑的夜裡，大地朦朧，天上的星星更顯得特別神秘，諸葛之老先生的扇子輕輕擺動，靜心在看老先生搖扇子的諸葛亮，從老先生的鵝毛扇中讀到了一個人內在的非凡的大氣，讀到了他人所沒有的神韻。

丁大也來納涼了，乘涼的丁大不時看看天，明天他還有農事要做，他想明天敞開稻子曬糧食。

看天，一天的星星，晴空萬里，明天肯定是個好天氣。但丁大還是不放心，他站起來走到小諸葛亮面前問道，小主人，明天我想敞開稻子曬糧食，你給觀觀天象，會不會有雨。

沒等小諸葛亮回話，心直口快的李容父親李本抬頭看看天上的星星，星星密密匝匝，閃閃發光，就搶上一句說道：「明天日頭旺，曬糧的好天氣，儘管放心曬。」

在一旁的小諸葛亮抬起頭來觀了會兒星象，根據從樸頭道人那裡學到的知識、和經常觀天象的經驗判斷，凡是夏天，晚看天上星星密，明天無雲便有雨，晚看天上星星稀，明天出來日頭曬死雞，他看著天上密匝匝的星星，就對丁大說：「明天可能有雨，不能曬場。」

丁大說：「為什麼？」

小諸葛亮說：「今天晚上天上的這些不會說話的星星在告訴我，明天可能會有雨。」

說沒有雨的李本大叔聽了小諸葛亮的話，哧哧地笑著說：「孩童稚嫩，不可信。」場上納涼的成人們哈哈哈地大笑起來。

小諸葛亮聽到李本大叔哧哧的輕蔑笑聲和眾人的哈哈大笑，就沒有再說什麼，但他的心裡仍然在堅持，明天一定會有雨，因為他觀天象發現有雨。他明白一個道理，有些時候爭辯是無用的，只有讓實踐證明，時間會證明一切。

一直一言不語的諸葛之老先生此時停住搖動手中的鵝毛扇，只聽他慢條斯理地說道：「你們不要笑，他們兩人說的都有道理，都對，然又都說的不對，對者有雨、無雨，不對者無雨、有雨。」

眾人一聽老先生這既是矛又是盾的話，說有雨也對，無雨也對，就問：「到底是有雨還是無雨？」

諸葛之老先生輕聲說道：「是因他們只看了表象，只觀其淺層的天象。」

諸葛之老先生接著說道：「觀天象要觀其全面，沒有看到有雨，是不會觀天象，看到雨，卻不知道雨下在什麼地方也還是欠觀天象的眼力。明天我所說之也有雨，也無雨，即是明天可曬糧，要在城南曬，因城南無雨，切不要到陳記鐵匠鋪以北，以北天降陣雨，且疾如瓢澆，會淋濕糧食。」

眾人靜心地聽著。

第二天早晨，天空晴朗，萬里無雲。

吃過早飯，丁大就忙著把糧食褶子敞開，把糧往南場上擔了，擔到陳記鐵匠鋪以南的空場上，攤曬糧食。

等把糧食攤曬開，丁大就坐在場邊的老柳樹底下涼快。

一個時辰後，就見在西南天邊角上來了一股雲頭，曬糧的丁大一看急了眼，他老婆也忙飛跑著從家裡跑到打穀場上，兩人正要用簸箕把糧食收起來，只見諸葛之老先生搖著鵝毛扇從東面的城巷中走來，笑著示意他們不要堆糧。

從天西南上來雨，很大很急，天空中的烏雲越壓越低，壓到城牆上，接著是一聲聲炸雷響起，雲團四散開來，一場瓢潑大雨就要下來，如果不把糧食快收集起來，雷雨會把糧沖走的。丁大用疑惑的兩眼看著諸葛之老先生，像是在問：「不快收起來，能行嗎？」

老先生諸葛之手輕輕一搖鵝毛扇，笑著一個示意。丁大木木地站在那兒，不知是堆起糧食來，還是聽諸葛之老先生的不用堆糧食時，但見那股黑雲很快被風吹過了陳記鐵匠鋪，嘩嘩的大雨在街北下了起來，如盆潑似瓢澆，而南面正被諸葛之老先生言中，滴雨未落。

嘩嘩一陣大雨之後，陳記鐵匠鋪地面上形成水流，轉眼雲散天晴，日頭又是那樣明亮，熱辣辣地照耀大地，拼命掄著簸箕堆糧的丁大妻子直起腰來看看天，她再看看諸葛之老先生，一陣愕然。

附近所有的人都看看諸葛之老先生，深為嘆服。

小諸葛亮聽說後，在心裡暗暗佩服諸葛之，聯想到自己判斷有雨，卻並不知在什麼地方落，只是看到事物的局部的事，深深感覺知識是來不得半點虛偽和驕傲的，對此他深感慚愧。從那以後他知道，自己在夏天雷陣雨的多發季節裡，憑簡單的天象知識進行判斷是片面的，應該全方位觀察、分析。從此他經常就天文知識主動求教於諸葛之老先生，認真學習觀察天象，以致後來成功地計借東風。

十一 夜觀天象

秋陽在高天上照耀，歲月的風雨把河洗瘦，把莊稼，把樹葉，把小草，從綠色染成黃色，把山裡紅、柿子染成紅色，無論綠色黃色或是紅色，都是生命的顏色。

在從陽都城前往泰山郡的路上，兩匹馬子拉著一輛大車正在向北行駛，車內坐著諸葛珪的夫人章氏和她的兒女，這是諸葛珪在任泰山郡丞時，諸葛亮隨母親、姐姐在管家張誠的護送下，唯一一次去泰山郡。

順著桑泉河水往上，一路往西北行進，然後向官道奔去。

河繞山轉，山勢連綿，秋天的景色是那樣的迷人，老牛悠閒地在地頭上，幾隻小山羊在山坡上吃草，割穀子，砍高粱的農人仍在田野裡勞作，小鳥兒們歡快地從這片穀穗上轉到另一片穀穗上。河中打魚的小船隨河水蕩漾。打穀場上堆起了好多莊稼。

諸葛亮從沒出過這樣的遠門。在這之前他最遠的一次則是一年多前的臘八節那天，父親諸葛珪騎著一匹高頭大馬，帶領著十幾個家丁到樸頭山以北的幾座大山上狩獵，大家握箭拿釵，上得山去，自己與張誠則在山坡下的一棵老柿樹旁等待。小半天工夫，打獵的人們笑顏逐開地向老柿樹走來，只見頭裡的兩人抬著一頭野豬，後面的一人肩上抗一隻鹿，幾人手裡提著野兔。回家之後便是忙著在廣場的神壇上祭祀天地，祭祀祖先，承傳著先秦以來狩獵祭祀的習俗。

那一次，也是諸葛亮走得最遠的一次。現在，新的路在自己的腳下，通向遠方的路更寬，更長，每前行一步，都是踏入人生的新的境地。

正行處，遠遠的一座山引起了小諸葛亮的好奇。那是一座直插雲霄、頂端沒有樹木雜草，只有一塊塊巨大的頑石，眾多大石堆砌成一座大山。

那是一座石頭砌起的山。

再看那巨大山石旁，老雕在飛。翅膀伸展的老雕以優美的姿式，一會兒飛向山澗，一會兒又衝向山頂，在遼闊的天空飛翔得是那麼悠然自在。

看著與高山為伍，在高天飛翔的老雕，小小的諸葛亮想，老雕就是老雕，它不像家雀子一樣找個屋山頭做窩，天天離不開喳喳。你看它把家安在這世人不到的高高的大山上，住在這高之又高的山巔，住在這巨大的岩石下，把家安在人和野獸攀不上的岩石中間。老雕在那麼高，高得可以觸到天的地方做窩，能聽神仙說話，與天庭更近。

小小的諸葛亮把目光投向那高聳於天際的一堆巨石壘起的大山，投向那老雕飛翔的天空，他在感覺那山，在想是誰堆砌的這座山呢，是擔山的楊二郎嗎，只有楊二郎才有這樣的神力，能把這些石擔來，如果不是楊二郎，那他是哪一位天公呢，這些大石，竟在不知哪位天公的隨意堆砌之下，呈現出如此的壯美！美哉，壯哉，天神用它巨大的力量這麼一「砌」，原本死板的頑石，幡然有了靈魂。

遠近座座山頭均含黛吐翠，唯有這座獨特之美的「天外來客」草木不生。

看山看得癡迷的小諸葛亮要趕車人丁貴停下車，他要下車一觀四周景色。

管家張誠說這荒山野嶺的，有什麼景色可觀。

母親章氏知道小諸葛亮的心思，就對張誠說：「這麼美好的景致，可以用心享受，我們何不都下去走一走，欣賞一下這番美景呢？」

張誠聽了，便讓趕車人丁貴停下車來，讓夫人和小諸葛亮及他的姐姐、女僕趙娘等人下車。又讓丁貴把車慢慢地趕，趕到前面一棵大樹下停下等待，好讓欣賞遠方美景的小諸葛亮和他的母親跟上來。

這是與陽都城絕對不同的另一番美景，它讓小諸葛亮震撼，下了車的他站在路邊靜心在觀看，他呆呆地看著遠方，看著近處，把遠遠近近的景致看了一個滿眼滿心。在陽都城的附近，只有那不算很高的襆頭山，襆頭山雖說也是連綿數里，草木蔥蘢，但它哪裡有這種可接青天、氣勢巍峨的山峰。他在想，「這神聖之地是不是神仙的家呢？如果是神仙的家，裡面肯定就有神仙住，山窪裡的凡人見過長生不老的神仙嗎？他們肯定見過神仙，肯定也有著一個個與神仙交往的故事。」

秋陽、山風、勁草、樹林、大山、老雕，看著那山峰，那樹木，小諸葛亮想起和夥伴們在河邊的樹林裡，草叢中，溝坎上捉迷藏的情形。那是在寬寬的河面上，兩岸的樹木也不是很多，但一躲藏起來，想找到都很費勁，這連綿的大山之中，要是夥伴們藏進去，到哪兒去找他們啊！

急於趕路的張誠看看丁貴，丁貴耐心地在前方不遠的大樹下等待著。張誠趕上丁貴，看看大山，對丁貴說：「在這大山裡居住，氣清新鮮，也無人間的煩惱與忙碌，能頤養天年。」

丁貴笑笑，點頭稱是。丁貴說道：「滿山的果樹那麼多，結果子的沒幾棵，如遍山植果，可年獲百金。」

小諸葛亮仍然在興奮異常地觀山之景。丁貴等了一會，卻沒有那麼耐心，把車趕得很慢，又向前移動著，停在了前方的一棵大樹下。癡呆呆地看山的小諸葛亮還是與他們拉下了一段距離。

小諸葛亮停在那兒，兩眼貪婪地看著山水。

母親章氏看著遠方的山歎道：「多美妙的景致啊！」

諸葛亮說：「娘，你看那山像什麼？」

母親說：「我看像一座宮殿，你看那上面，飄動著五彩的祥雲。」

小諸葛亮說，我看它是易守難攻的城堡，一座可抵擋千軍萬馬的城堡。

一聽飄動著五彩的祥雲，女僕趙娘把兩眼努力地向那聳立的大山頂上看去，邊尋找祥雲邊說，哪有祥雲和宮殿啊，我看什麼也沒有，也不像咱陽都城，這裡都是些大石頭。也不是什麼城堡，要是城堡得有人住，可它連個人魂也沒有，還千軍萬馬，誰來攻呀。

諸葛亮看看她，笑笑，沒有再說什麼。

欣賞了一會兒美景之後，章氏和女僕趙娘往車停的地方踱去，諸葛亮仍然在有滋有味地看著大山，管家張誠雖有耐心，但他更在意的是趕路，他走過來催促小諸葛亮趕路。

諸葛亮身心全在山水間，他看著那起伏的山巒，縱深的溝壑，茂密的樹木，一塊塊大石，看得出神，他在想樸頭道人講的八卦陣和兵法。

張誠好幾次催促他，他都無動於衷。

趙娘陪著章氏走到丁貴停車的地方，安頓好夫人章氏後，又和丁貴向小諸葛亮待的地方走過來。

風在不緊不慢地刮著，花背的喜鵲喳喳地叫著，從不遠處的樹梢上飛向山坡。秋頭子裡，中午日光還很毒，小諸葛亮看看前面，見母親和僕人都在等他了，於是不再看山，加快步子趕了上來。

趙娘笑著問他：「亮，剛才你在想的什麼？是不是想到這裡也有個七仙女，你想在這裡住下當個放牛郎？」

小諸葛亮一聽七仙女，羞澀地答道：「哪能呢？我倒沒想七仙女，更沒想當放牛郎。」

「那你想的是什麼？」張誠問道。

小諸葛亮說：「我倒是想，這山上是不是住著神仙。再者，這樹木蔥綠，大山嵯峨，如果在這裡用兵打仗，多好的山水自然環境，兵士在這樹叢石間一藏，縱有火眼金睛又到哪兒去找，真乃是山水好藏兵啊！」

「藏兵？」張誠聽後好奇地問，「能藏多少兵？」

「可藏十萬精兵。」小諸葛亮認真地答。

聽了小諸葛亮的這一句「山水好藏兵」，張誠猛然一陣感歎，自己想的是在這大山裡居住空氣清新，無人間的煩惱與忙碌，如果老爺多年之後在此建棟別墅頤養天年該是多美。車夫丁貴咔地一笑說自己想的是栽桃植李數年後可獲百金。趙娘呢，則是在想他是不是演繹一個類似七仙女的故事。小主人卻想到的是「山水好藏兵」。俗話說有志不在年高，無志枉長百歲。他們三個人感覺到，這個小主人真乃非凡人物，別看他小小年紀，但他是胸有大志之人，正是有志不在年高，面對一座大山，你看這位少年的想像，有這種志向，日後能不成就一番偉業！

在去泰山郡路上的「山水好藏兵」，從此也便成為年少的諸葛亮胸有大志的一段佳話。

十二 經風沐雨尋親記

在泰山郡住了月餘，體質越來越弱的諸葛珪夫人章氏和孩子便回到了陽都。就在這年的冬月，章氏一病不起，最終撒手人寰。巨大的悲痛籠罩在諸葛府上，失去母親的諸葛亮兄弟姐妹，更是感到了這個冬天的寒冷。

冬天過去，春天又來，前廳門左側的那篷芍藥，乾枯葉子裡又發出了嫩紅的新芽，在嫣紅的葉子間，芍藥花骨朵長出來，不久那如壯士伸展大手般的芍藥花朵，一大朵一大朵地又開了，但右邊的那一大墩子芍藥，再也沒有發出芽子。雖是一個陽光明媚的春天，春雨依然滋潤，燕子仍舊呢喃，但那大蓬芍藥卻永遠也不會再發出芽子，再也開不出那多瓣俊美的大花朵了。

她已經沒有了生命。

娘親走了。小諸葛亮和他的哥哥諸葛瑾、弟弟諸葛均，姐姐妹妹的心內，像冰凍著一般難受，骨冷身寒。芍藥花不再發芽，他們的娘親也不在這個世間了，生命消失在那個肅殺生命的冬季，他們在陽世間再也看不見聽不到母親的音容笑貌。

孩子們想念娘親。

陽都城不但東臨沂河，而且它的西南面不遠便是從西面大山蜿蜒而來、百折不迴湧向沂河的蒙河、北面幾里路的地方，就是桑泉河匯入沂河的入河口。

在桑泉河水匯入沂河的河口，河床有一片偌大的青石樑。青石樑經過千百萬年的風吹水沖，日曬雨淋，形成了一片石林。這片石林怪石嶙峋，形態各異。石樑高出河床若干丈，石頭形狀千奇百怪，有如駝背的老翁，有如抱子的女人，有如玩耍的孩童，有如靜坐的仙人。更有那如同下山的猛虎，翻海的蛟龍，怒吼的雄獅，抵角的青牛，展翅的蒼鷹。

桑泉河水就從石樑中間流過。

石樑根基經年被風吹水沖，上部分裸露突兀，底部則有不少洞穴。這些洞穴大者如房屋，小者如地堡，能容納十人，幾十人不等。初春和深秋的時節，在雨水未到或定了雨水之時，諸葛亮和小夥伴們來到過這裡，在洞穴中尋找著那巨浪沖拍的印記，感歎自然的神斧鬼工。

那些石孔，在冬春季節，順河的大風刮起的時候，風吹石鳴，石檁洞穴被風一吹所發出的聲音如雄獅怒吼，猛虎咆哮，傳得很遠很遠，方圓幾十里的人們都能聽到，這上蒼所賜的自然音樂，凡人聽了振奮心情，增添力量。

這一片偌大的青石檁，更讓人撩發英雄膽氣的，則是那每到夏天瀑雨降臨，桑泉河上游山洪暴發，波濤洶湧的河水如萬馬奔騰，水勢連天波瀾壯闊，景色蔚為壯觀。那一瀉千里的山洪以大山壓頂之勢呼嘯而來，在入河口處與河底那高然聳立的這一片石柱不期而遇時，波濤衝撞著石林，石林挺起巨人般的臂膀頑強挺立，似兩軍對壘，毫不相讓，那濤聲猶如戰場上勇士們的廝殺吶喊，撕肝裂膽，震耳欲聾，山河把一腔沸騰的熱血都用在這嘹亮的天地吶喊裡面了。

每每雨天裡聽到北面不遠處傳來這激動人心的聲音，小小年紀的諸葛亮都聽得津津有味，幾次要身臨其景，都被大人阻止了。

自從善良、柔弱、疼愛他的母親去世後，淚水在諸葛亮和他的哥姐弟妹的眼裡流著，大悲大痛的淚不時地在他以後的日子裡流著。雨來了，有雨的日子，小諸葛亮看到雨水裡朦朧著一個身影，他細看，那是母親的身影，母親的身影，讓他真真切切地看到了。眨眨眼再看，母親的身影又消逝在雨幕之中。

雨霧中有母親的身影啊，母親就在雨幕的那端。這樣，即使若即若離，也讓不能在這個年齡上沒有娘的孩子看到了娘親。

母親去世後的第一個夏天，農曆六月中旬，進入連綿的雨季，諸葛亮思念母親，他盼著山洪的瀑發，他感覺那山洪與石林相撞的聲音，正是他想念母親撕肝裂膽的呼喚，他要在朦朧的雨幕中，在夢幻般的雨幕中尋找母親的身影。同時也是要親身到那石門風雨之間，體味天地之間的力量，把那極像母親呼喚自己的聲音印在肝膽、印在心肺，要把天地的聲音聽個清楚。

果真機會來了，在六月底的一天，隆隆的雷聲從西邊傳來，看樣子西面的大山之中肯定有一場大的暴雨，思想母親的諸葛亮再也坐不往了，他帶上蓆夾子走出家門。

出城後，諸葛亮沿著沂河邊上的一條小路，向上而行。

小路在他的腳下伸延，樹葉和莊稼被雨水洗得蒼翠欲滴，雨絲絲仍在飄著，一箭之遙的路途對於一個孩子還是很難走，好在有樹木，有莊稼，有蟬不時的鳴唱，有偶爾過往的行人，他不孤單。

走啊走，諸葛亮感覺走了好大時候，兩眼一直盯著前方的他眼前豁然開闊，他終於來到了桑泉河入沂河的入河口。他急步向前，站在桑泉河入沂河河口交會處的岸邊，看著漸漸漲起的河水，等待著那蔚為壯觀景象的來臨。

果然，遠處夾雜著泥沙的黃色波濤一浪高過一浪，以不可拒擋的力量桑泉河的上游翻捲而至，那浪濤餓虎撲食一般毫不猶豫地沖向石林，石林又一次經受這不留半點情份的考驗。大水以山呼海嘯之勢熱烈地撲向石柱，驚濤撲去，與石柱親吻的一剎，一道亮麗的景致瞬間誕生，水柱騰空而起，高至極限後如禮花散開，浪花朵朵，在天空綻放，又似湧動千堆白雪。

這是一部天地大書。對於這部大書，會讀的人能讀出真諦，同一版本，人人卻會讀出不同的內涵。但這部大書又無須用語言的讚美，它也無須世人來此欣賞，最自然的壯美無須世人喝采的庸俗，在無須他人讚譽間，大自然就把這發出的聲音如同排山倒海、無限的美妙帶給世間。

小小年紀的諸葛亮在用眼用心靜靜地讀著這篇厚重的史詩，這種博大，這種氣勢，這種力量，只有在這自然空曠的原野，在這世人畏懼的天氣裡才有，他把它深深地印在心裡，把這種博大、這種氣勢、這種力量與血液交融。同時，他閉了眼，冥冥中他似乎聽到了這轟鳴之間有母親的聲音，母親的聲音是那麼的柔弱，柔弱中透著慈祥，透著親切，透著撕肝裂膽。在這裡能聽到母親的聲音啊，諸葛亮的淚隨著雨水流著，雨水中有他的淚，他的淚水中有雨。

淚雨濛濛，淚雨中，他看到了母親，母親在大河的對岸，對岸是一座宮殿，轉眼是一片荒野。母親在莊稼地旁，青油油的莊稼轉眼成熟，高粱紅大豆黃，穀子已上場，那是一個偌大的打穀場，母親正手拿幾穗穀子，遠遠地微笑著望著他，若即若離間，母親仍然是那樣的慈祥。

看到了母親，小諸葛亮心裡甜甜的，他此時感覺自己是多麼幸福啊，但他的心裡又是那麼痛苦，痛苦的滋味是淚和雨流進嘴裡，從嘴進入腹腔，嚥進嘴裡的滋味，說不出。

雨，急一陣緩一陣，桑泉河水衝撞那片石林濤聲不絕，想一會母親，陰陽兩隔朦朧中與母親一次難得的會面後，小諸葛亮乾脆放下蓆夾子，讓雨水淋遍自己的全身，他感覺一位壯士就應該經風見雨，他沐浴在這沂河與桑泉河匯合口，沐浴在風雨之中，他的身心得到淨化，久久不思歸去。

天色暗淡下來，總歸他還是個孩子，管家張誠和諸葛亮哥哥諸葛瑾、諸葛亮的姐姐到處尋找，聽有人說往北去了，張誠和諸葛瑾便聯想到他多次要到桑泉河入河口，去看石門風雨，斷定他上了入河口，就急急忙忙奔向這裡。

一眼看見弟弟，諸葛瑾和姐姐心中的一塊石頭落了地，姐姐內心關切臉上卻生氣地問：「天都黑了，還不快回家，你在這裡做什麼？」

諸葛亮把淚水和雨水一抹，望著哥哥、姐姐說道：「我在尋找咱娘，看到了咱的娘親。」

一句話說得哥哥和姐姐的淚隨雨水落下來，裹著思念的淚水靜靜地溶入雨水，隨大河波濤向遠方流去。

張誠、諸葛瑾把諸葛亮找回家，回家之後，宋然先生聽說他想念母親，到石門去，並且在那兒經風見雨，親切地撫摸著他的頭說：「雨中尋母，大孝。又觀驚濤駭浪之景色，心有一腔豪情，壯士讀天地大書也。」

十三 火燒蜂房

諸葛府上後花園裡景色很美，諸葛亮經常下課後走到那裡玩一陣子，放鬆自己。這天下課後他又來到後花園，有幾個孩童正在玩耍。其中有一個孩子是府上的傭人丁貴的兒子丁助。

丁助跟隨母親到諸葛府上，母親做些活兒，他和幾個夥伴玩。調皮的丁助發現了一個大蜂窩，蜂窩在屋山頭的雀眼裡。

諸葛亮告誡他，不要驚動馬蜂，要是惹惱了馬蜂，它會蜇人的。孩童有一個特性，越是不讓他做什麼事情，他的注意力就越集中在別人叮囑的事情上。諸葛亮告誡小丁助不要驚動馬蜂，小丁助就越是不時地去看看那個大蜂窩。出於好奇，在諸葛亮去上課的時候，他找來一根小棍，用小棍去戳馬蜂窩。

馬蜂有馬蜂的處世之道，只要人不去打擾它、侵害它，它就不會主動傷害人類。本來馬蜂們趴在蜂子皮上很老實，與人友好相處，但是，讓丁助用木棍一戳，蜂子似乎感覺到了危險，它們嗡地一下子飛了起來。

不知好歹的丁助見馬蜂的飛舞很好玩，他高興地把小棍一次次伸向蜂窩，不停地戳動，這種出於孩童本是好奇的行為其實是粗魯的舉動，這一接二連三粗魯的舉動徹底惹怒了馬蜂，馬蜂們便帶著一種仇恨，紛紛飛過來，毫不留情地向丁助發起了攻擊。

一隻馬蜂的毒刺蜇在了丁助的臉上，不受蜂毒蜇的丁助，頓時感到了比娘親用狠了勁的巴掌打在屁股上還難受的疼痛，蜂毒蜇在臉上的疼痛疼得他哇哇直哭，好戰鬥的蜂子們不依不饒，仍在圍著丁助轉，嚇得小丁助扔下木棍，邊哭喊邊跑。不依不饒的一隻蜂子追上他，把他的左邊臉又蜇了一下子。

丁助連哭帶喊地一跑，其他幾個孩子也便嚇得四處躲藏。

幾個孩童氣喘吁吁地跑遠了。丁助不受馬蜂蜇，隨即那讓馬蜂蜇過的右邊臉上，不一會就胖出半個臉來，頓時像發麵饃饃。左邊的臉也腫得大饃饃一般。

讓蜂子蜇了後，丁助疼得嗷嗷直喊叫。不但叫，臉也「胖」得兩隻眼睛瞇成一條線，走路時用兩個指頭撐著眼皮才能看清前邊的路。

丁助的母親聽到兒子的哭聲忙跑了過來，一看兒子成了這個樣子，就心疼地問怎麼弄的。

丁助哭著說是讓蜂子蜇的。

其他的幾個小夥伴一看丁貴既眼腫又痛苦的樣子，都要為他報仇，要去除掉馬蜂窩。小夥伴們找來了一根長棍，用褂子把頭捂好，把長棍伸向蜂窩。

用木棍戳了幾次，因蜂窩在雀眼裡，長桿捅不到馬蜂窩上。雖然沒有戳到蜂窩，但和馬蜂們結下了樑子，只要桿子一伸進去，馬蜂們便嗡地飛出來，小夥伴們不得不嚇得快快躲避，抱頭鼠竄。

這樣鬧騰了好幾天，也沒把馬蜂窩戳下來。

馬蜂呢，讓這幫小傢伙一戳，也仇恨在心，不再那麼外出悄悄而去，回來就趴在蜂子皮上老老實實，而是威風凜凜地嗡嗡飛著，見小孩就追，嚇得孩童們亂躥不說，還飛到前院，不單單是對著孩子，而且見了大人也是威嚇，滿腔仇恨似地直往人身上撲，不分府內府外，見行人就往身上飛，嚴重影響了諸葛府上的正常生活。

本來是和平相處，誰也不惹誰，但丁助惹馬蜂的行為，激怒了馬蜂，它們天天把人們追得東藏西躲。事情至此，已經到了不得不除掉它們的地步，不然，這樣天天馬蜂嗡嗡地飛著，鬧得人心慌慌，影響整個府上的正常生活。

管家張誠讓家丁諸葛來去捅，諸葛來手拿長桿，到屋山頭上往雀眼裡用長桿一戳，馬蜂嗡地出來，照樣把他嚇得扔了桿子就跑。

張誠選擇晚上戳，晚上馬蜂們雖然看不清方向，但棍子一從雀眼裡戳進去，蜂子就毫無目的地亂飛，那麼一大群馬蜂毫不示弱，叫得嗡嗡作響，落在人的手上胳膊上頭上，同樣把人嚇得四處亂竄。

應當把這窩馬蜂除掉，不然它還會蜇著無故人。想什麼辦法把雀眼裡的這窩馬蜂除掉呢，諸葛亮就和李容等夥伴們商量計策。

李容說：「可惜我們不懂蜂語，如果懂，我們可以告訴它們，讓他們搬家，到其他地方做巢。孩童們再也不會干擾它們。」

諸葛亮說：「如是那樣就好了，向它們解釋，是我們錯了，日後不再侵犯，雙方和平相處。」

孫茲說：「想那些做啥，用褂蒙頭，勇敢地把蜂窩戳下便可。」

夥伴們七嘴八舌說出了不少點子，諸葛亮覺得都不安全。他知道大馬蜂那毒針的厲害，很少有人能經受住它的螫，人們平時輕易不敢惹它。

晚上，諸葛亮躺在榻上怎麼也睡不著，他在想如何對付馬蜂的事情。他想，要弄就得把它們趕走，不然那些馬蜂會報復人的。但這裡也是馬蜂的家園，馬蜂們也熱戀自己的家園，趕是趕不走的，他忽然想起在沂河邊上和夥伴們燒鱉甲子的情景，對，何不用火燒呢？

想到用火燒馬蜂，諸葛亮猶豫了，那個法子太絕，斬草除根，但不這樣做，馬蜂又不會搬家，整天嗡嗡地亂飛，擾亂了府上人的正常生活，用火，也是不得已而為之的措施。

第二天，諸葛亮見了他的好夥伴李容、孫士後就說，我想了一個法子驅趕馬蜂。

李容問：「什麼法子？」

諸葛亮答：「用火燒。」

李容想了想說：「用火燒，馬蜂窩在屋西頭的雀眼裡，用火能燒到裡面嗎？」

「能，只要火一燒，煙往裡走，蜂子就往外跑，火阻在門上，它們是跑不掉的。」諸葛亮說。

孫茲擔心地說：「白天，大多馬蜂都在外覓食，用火燎，只是燒死一部分，沒被燒死的那些馬蜂，它們照樣會報復。」

「那就天黑時，等所有的蜂子都回家了，我們用火燒，那樣會徹底乾淨地把它們全部消滅。」諸葛亮說。

說幹就幹，接著他們就做起火燒蜂房的準備。他們找來一根長桿，又找來一把乾草，用繩把乾草綁在長桿的頂端，一切準備得當，就等天上黑影的時候。

天黑了，馬蜂們都回到蜂巢睡覺了，諸葛亮和他的夥伴們就拿來準備好的長桿，他們來到屋山頭，然後用火鐮打火，把火在長桿一頭拴好的軟草點燃。

火把在夜色中紅紅的，正要睡覺的馬蜂們不知是大禍來臨，沒有睡的還在好奇地看看外面那明亮的火光。這時，只見諸葛亮舉著火把向前，猛地把那著火的長桿戳到雀眼口處。

雀眼口小，一把大火堵門一燒，蜂窩上的馬蜂根本意想不到這滅頂之災，一看火燒到家門口上，想逃也逃不掉了，一隻隻馬蜂燒死的燒死，燒焦的燒焦，活著的也被燒得沒有了翅膀。

火燒蜂窩，為丁助報了仇，也讓諸葛府上的生活恢復了平靜，府上府下都歎諸葛亮方法獨特，對他讚不絕口，小夥伴們也都感覺這次火燒蜂房燒得特別痛快，人人拍手稱快。此時，諸葛亮卻心裡很難受，日後多年他也為這事一直在譴責自己。萬物生生都怕死，馬蜂也是生靈，也熱愛大自然，在自然中繁衍生息，它們也有情感，也有生命啊。如果不是干擾了府上的寧靜，威脅到孩童的安全，自己是不會想這種一把火將其全部滅絕的法子的。

火攻是個好計策，後來諸葛亮在出山扶佐劉備的第一仗就是用火，火燒博旺坡，取得了出山第一勝。他部署那最著名的經典戰役——「赤壁之戰」的火燒戰船，以及火燒藤甲軍，都把「火」用到了極致。為他的軍事才能增添亮色。

但用火傷害生靈的舉動，一生都在揪著諸葛亮的心。

十四　「趕頭湯」

日月如梭，小燕剛剛飛到北方的光景，大雁又飛向南方。草榮草枯，雪朵又飄向陽都大地。

「趕頭湯」的習俗由來已久，在陽都城以南，春節後大年初一這一天，四里八鄉的人們就像趕廟會一般，往一個叫湯頭的地方趕，起得越早，湯水越乾淨，人們把早早去趕頭湯，看成象徵去討個好頭彩，人們紛紛給自己、給一家在新的一年裡討個大喜頭。

湯頭之地，名貫以湯，其地有湯泉。秦時，湯頭溫泉就因醫療效果獨特而名揚天下，是國內外有史料記載的最古老的溫泉之一：「泉自石隙側出，熱如沸湯，色深碧，質多硫磺及鹽，爬搔委頓之疾，浴之輒愈。遠方多齎糧而至，以清明節為尤多，又以春節後的趕得頭湯為喜慶之事。」。

湯頭溫泉歷史悠久。「湯頭」地名即因湯泉而得名。西元前八十六年此地即已建村，漢昭帝時封劉安為溫水候，又因地處湯水源頭，故名「湯頭」。

這年的大年初一，天沒有明，諸葛亮就醒了，他摸黑起來後，先是招呼哥哥諸葛瑾起床，再招呼管家張誠，他要到湯頭去趕頭湯，討個一年的好頭彩。

此時，忠心耿耿的張誠沒有忘記小主人的吩咐，早已起來站在了諸葛亮的寢室外，等候他們一起去趕頭湯。

幼年的諸葛亮雖然生長在一個官宦門第和儒家思想為主導教育的環境中，但體質並不是特別好，且命運多舛，就在他九歲那一年，母親章氏病逝之後的一段時間裡，他不幸染上了疥瘡，不久長瘡的地方開始潰爛，痛苦異常。其父諸葛珪此時為了家庭，從泰山郡丞的位子上卸任，回家專門照顧起幾個沒娘尚且年少的孩子。為了治好諸葛亮身上的疥瘡，諸葛珪四處求醫問藥，但均不見效，於是親自上樸頭山，求教於他的得道好友樸頭道人。

樸頭道人捋了捋雪白的鬍鬚說：「亮之軀，沒有如翻騰於雲端龍的強壯，怎能耀眼於西方，此疾可採用自然溫水浴之。」說完就雲遊去了。

諸葛珪回家就對管家張誠說，讓他去尋自然溫水。

張誠點頭答道：「樸頭道人說得正是，東南不遠便是湯頭，那裡水沸燙人，有一股硫磺氣，是醫治皮膚之疾的最好去處，好多長瘡的、皮膚搔癢得受不了的遠地之人，都去湯頭熱泉洗浴，洗了就好。即使身上沒有疥瘡也不癢癢，在那有特殊氣味的沸水中洗上一洗，身上也輕快、肌體放鬆，心裡也舒坦，明天我就領亮去。」

第二天一早，張誠便與小諸葛亮從陽都城南下，過沂河，直奔有從地下冒出自然溫水之湯頭。

此雖冬日，他們來到湯頭，街市上熱鬧異常。進得湯泉，男女各有大池，湯一樣熱的水從地下湯泉汩汩湧出，冬天有這樣的熱湯供人沐浴，的確是大自然對一方勤勞誠實、淳樸厚道、善良友愛之人的恩賜，在這自然溫水中，諸葛亮洗過之後身上果然不那麼癢了，經過九九八十一天的自然溫水洗浴，身上的疥瘡居然也沒有了，身體強壯多了。

自此之後的這段時間裡，春夏秋冬四季，張誠每季都帶諸葛亮到湯泉用自然溫水沐浴。經過自然溫水沐浴的諸葛亮，身體一天天健壯。

諸葛亮喜歡家鄉的湯泉，更喜歡那每年一度的盛大節日——趕頭湯。

趕頭湯的本身就是一朵民俗文化之花，這朵盛開的民俗花朵，洋溢著濃郁厚重的風土民情。

熱鬧的季節、熱鬧的氛圍裡，多少人都有著諸葛亮他們一樣的心情啊，等諸葛亮和哥哥諸葛瑾、管家張誠走出家門時，城內也早有趕頭湯的人在行動了。

天未明，北風呼呼地刮著，地被凍得非常地硬，滿坡滿河的雪很厚，銀色千里。有雪的日子，天也就並不怎麼黑，雖說冷得讓人受不了，但快步地走著路，大運動量地一活動，再加上滿身滿心的興奮勁兒，身上手上臉上也就不怎麼太冷。

出了陽都城，成群結隊的人馬沿沂河往下，這些人中，不但有趕頭湯沐浴的人，也有擔擔的、挑挑的，提著雜耍道具的，抗著黏米團子的，背著褡子採買東西的，浩浩蕩蕩，好一幅精美的民眾雪景夜行圖。

走了一段路途後，諸葛亮他們要過河走向對岸的葛溝。此時河裡的冰很厚，前面有人從冰上過去，諸葛亮和哥哥諸葛瑾及管家張誠也走在了滑滑的冰上，滋溜溜一陣，快樂地滑過沂河之後，不一會他們便來到了葛溝街上。

當年齊魯分疆的石閣，莊嚴地矗立在街的南端，此時天已放明，走在前面的諸葛瑾停下腳步，他看著這具有歷史事件的石閣，愣愣地出神。

諸葛亮和張誠也停下來觀看。

突然，諸葛瑾從石閣的北端幾步走過去，走到了石閣的南端，口出一句道：

一步跨兩國。

在石閣的兩端，一邊為齊，一方為魯，諸葛瑾這一步邁出，的確跨了兩國。

諸葛亮看看哥哥，笑著答道：

兄弟分你我。

諸葛瑾略一沉思，滄海桑田，石閣仍在，但齊魯分疆已經成為歷史，他又出口吟道：

齊魯今何處，

此時，一縷全新的光線照在石閣上，是那麼暖人、那麼清新、明亮，大地迎輝，迎來全新的一天，諸葛亮看著那縷光線，看著那漸見清晰的石閣答道：

青石朝陽血。

「好一個青石朝陽血！」從後面趕上來的大儒諸葛之一聽此話，興奮地和了一句。

諸葛亮一聽聲音是諸葛之，驚喜地回頭看去，但見老先生精神煥發，這麼早也去趕頭湯，禁不住忙上前去拉老人的手。但見老人寒冬中也手握那把羽毛扇，一把羽毛扇讓長者有著神仙般的風度，再觀其容顏，他猛然感覺到眼前這位長者，心態與境界，這不就是傳說中的神仙降世嗎？他忙說道，您這個年齡，這麼早前往湯頭實乃是可敬可佩。

諸葛之把羽毛扇輕輕一搖歎道，人一生，如我之年齡，當應溫厚老成，穩重如山，但我也隨眾人早早地趕頭湯，是我老夫面對歲月老去，青春老去的那份留戀，是我仍然有一份融入民俗，熱愛社會的不老激情。其實，我的內心更多的是，我仍然有一顆討個好彩頭、體驗民俗、享受民俗的童心也。人無論多大年齡，都要有一顆純正無邪的童心。

人無論多大的年齡，都要保持有一顆純正無邪的童心，童心即是純真，既是熱愛美好的生活，既是向著希望而行的動力，諸葛亮點頭稱是。

日頭從東方的地平線上升起來，照在皚皚白雪的上面，照耀著古老厚重的大地，趕頭湯的人們匆匆而行，讓大地顯得那麼年輕。行人從他們的身邊走過，諸葛之老先生看看前行的人，說道：「好了，我們走吧。」

於是諸葛瑾、諸葛亮兄弟和管家張誠，與諸葛之老先生一起，又隨趕頭湯的人流向著民俗的盛會走去。

十五 會飲樸頭山

諸葛珪每次拜訪樸頭道人，都要帶上他最為看重的兒子諸葛亮，要他接觸高人，開闊眼界。初平二年春月，諸葛珪又要去樸頭山，這是諸葛珪在世之時，諸葛亮最後一次跟隨父親諸葛珪到樸頭山去拜訪樸頭道人。

大山的雄偉，山谷的空靈，道家的玄機，每次到樸頭山，諸葛亮都有心悟。

諸葛亮與八卦陣的故事，在他後來的千百年間膾炙人口，他的奇門八卦陣在《三國演義》中被描寫得唯妙唯肖。說得是諸葛亮入川前來到一地方，他要在這裡佈置陣法，因為諸葛亮早就算到了，將來這陣法會發揮重大作用！他所布之陣分生門、死門，凡是進入死門者將困在此陣中，陣法每十分鐘變化一次！可謂其妙無窮！後來果真陸遜進入陣中，該到陸遜大難不死，在最後關頭，是諸葛亮的老丈人救了陸遜！

熟讀兵書的諸葛亮，除後來跟水鏡先生及他的老丈人學習八卦陣外，少年時，八卦在他腦中心中的萌芽，與他經常隨父親諸葛珪到樸頭山拜訪樸頭道人有著密切的關係。

小小諸葛亮，獨坐軍中帳，擺下八卦陣，專捉飛來將。

這則生動的謎語不但形象地表述了蜘蛛結網捕蛾，它同時又把諸葛亮與八卦陣巧妙地連在了一起，表現出八卦陣的神奇與威力。

諸葛亮跟隨父親來到樸頭山。

樸頭道人深諳伏羲八卦，文王八卦，諸葛亮來到之後，就要樸頭道人給他講八卦。每每見到聰明好學的小諸葛亮，樸頭道人都興趣盎然。他拿出一張自己所畫之圖，在小諸葛亮的面前展開，從基礎把八卦演繹一通，再由淺入深。他告訴諸葛亮，浩瀚宇宙間，一切事物和現象都包含著陰和陽，表與裡，它們之間既相克又相生。

不但從理論上樸頭道人講得津津有味，他還從感性上讓小諸葛亮提高認識。講完自己所繪之圖後，他領著小諸葛亮在樸頭山上轉著，實地演繹八卦，指點山河，樹木，眼前似有百萬雄兵任其調度，進行排兵佈陣的講解。偌大的樸頭山，岩石、樹木、小溪、溝壑，每一處都像一個個八卦符號。面對一個個八卦符號，這是天地間的一種種資訊，樸頭道人認真地解說著深刻內涵，那些地理特點通過符號，給諸葛亮朦朧著一種既自然的美好且又有神秘之感。

樸頭道人告訴小諸葛亮，世間的自然符號所表示出的資訊，能對萬物陰陽調節，像人體的經絡，看不見摸不著，但它的確存在，這種自然現象，是一般人很難破譯的密碼。他要諸葛亮從天、地、水、火、風、雷、山、澤八種自然現象中捕捉資訊。

此次到樸頭山，諸葛珪知道樸頭道人善於飲酒，就命家人帶來了兩罈好酒。一山好風光，樸頭道人領著小諸葛亮繞大半個樸頭山轉了一圈後回來，松菇燉柴雞也早從鍋裡飄出誘人的香氣，但樸頭道人不急不躁，先是與諸葛珪盤坐於榻上，縱論天下。

弟子端來剛下樹的櫻桃放於几上，紅紅的櫻桃上面似掛著露珠般晶瑩剔透，是那樣鮮亮。

樸頭道人口才極好，論道，淺入深出，縱橫天下大事，透徹明晰。他能言善辯，在辯中善於抓主要矛盾，一語中的。兩人就當下時局、社會動盪，為官之道，發表著各自的觀點。不同的立場，看待事物的眼光不同，觀點不同，兩人常圍繞一個話題展開論戰。諸葛亮從他們的辯論中聽得出，同樣的一句話，樸頭道人為何用不同於父親的另外一種方式表達，在某些事情上，他們的辯，辯出了各自的特點和技巧。

聽著樸頭道人那不俗的談吐，不緊不慢的話語中透著大氣和智慧，諸葛亮十分欽佩眼前這位老道的同時，在認真學習、琢磨，求教他說話的語氣和技巧運用。

辯論有度，一陣激烈言辭後便是細雨和風，兩人相視一笑。樸頭道人對立於一旁的小諸葛亮微微一笑，他伸手抓起一些櫻桃遞給小諸葛亮，和藹地告訴他，不要把大人的辯看作有傷大雅的爭吵，辯是一門很深的學問。既需要敏捷的思維，膽識、德行，更需要廣博的知識，知識是平時學習積累而來，善辯而能把握主動的人，往往是知識豐富之人，是有正氣正義之人，胸懷寬廣之人，善辯不是狡辯，善辯的辯，是把道理說透徹，在說道理之時，可能牽扯到多方面的知識，這需要很大的知識量，一個沒有思想，知識不豐富的人，是成不了辯論大家的。

善辯靠雄才大略，一個善辯之人，可抵千軍萬馬。

諸葛亮記住了樸頭道人的話，他要成為一個有理想，有思想的人，他不懈地學習，積累下豐富知識的同時，也讓胸中自有正氣。

胸懷大志的諸葛亮，通過琢磨所接觸的高人的語速、語氣，說話時所找準的點，大大增強了他的口才能力。出山扶佐劉備後，為聯合東吳抗曹，他不卑不亢，不急不躁，分清利害，用他坦蕩的胸襟和氣度舌戰群儒，留下了千古佳話。

諸葛珪與樸頭道人一番論道之後，日已中午，樸頭道人讓弟子把菜蔬瓜果，山菇野味端於几上，把在山之陰處開鑿深窯，窖藏三年的好酒搬出來，要與諸葛珪痛飲。

樸頭道人的弟子從地窖中把一甕酒搬出，揭開密封的油布，一股濃濃的酒香就溢滿了屋內。

小諸葛亮走上前去，用鼻子嗅嗅那令人心儀的香氣，說了一句，「好酒！」接著吟出一對：「好酒好酒，凡人喝過定不凡，神仙聞香貪兩罈。」

樸頭道人見小諸葛亮對酒如此鍾愛，便邀其一同入席吃酒。

席間，先是飲了諸葛珪帶來的家酒，又飲樸頭山的窖藏之酒。

幾杯酒後樸頭道人臉上紅撲撲的，略有幾份酒意之後，他對著小諸葛亮笑道，我這窖藏之酒可有些來歷，取上等麴酒，擇三松峰石壁岩下的一塊好地方，雖然那地方石壁天連，但有七步見方之地厚土深不可測，從其左側掏洞十丈，內溫涼始一，土如漿液微微溫潤，將其好酒窖入其中，外聚雨露春風，集天之靈氣，內斂地之精神，三年之後取出，真乃神仙會聞香而來。你諸葛家酒可有何種講法？

父親諸葛珪笑著搭訕道：「比起先生之酒，我們的酒可就是凡酒了。」

小諸葛亮看看父親，他知道樸頭道人是在提問自己，於是機靈一動地糾正父親的話道：「不，我們諸葛家的酒也是有來頭的。先生可知我家先賢諸葛豐乎？就是那位大名鼎鼎的西漢元帝時任司隸校尉。傳先賢的酒量特大，興奮之時能喝八大大碗公。年邁時告老還鄉，酒量不減，對酒當歌。一日，我諸葛家先賢聽說河東中丘劉家大族釀得一手好酒，隨叫家人諸葛仲前去沽酒。」

諸葛珪笑著看看正要滔滔不絕說話的兒子，說道：「小兒不要造次，先生在，何多言。」

樸頭道人卻對諸葛珪哎了一聲道：「孩童也有高見，不妨讓我一聽，也好長些你們諸葛家酒不凡的見識。」

諸葛珪有點不好意思地對兒子道：「那就說吧。」

諸葛亮謙恭地身向前傾，朝樸頭道人點頭施了一禮，接著道：「這諸葛仲過得河去，沿河向南奔向中丘，打聽著尋到劉家。可知我們祖上這諸葛仲是一個貪杯酒徒，一到劉家，見那一壇壇美酒，饞得腿都軟了，但使主人能醉客，只顧大碗喝來，直喝到日已西斜，又裝了兩葫蘆頭酒，開始回返。

「諸葛仲走在回家的路上，酒在身上，頓覺腳下生風，暈乎乎如仙人般痛快，一會已到陽都城東河的對岸。

「時正熱季，滿滿一河水滾滾而下，諸葛仲把衣裳一脫，酒葫蘆往身上一背就下了河。水勢滔滔，酒葫蘆在水中時浸時出，香氣或在水面上飄蕩，或摻和在水中。

「不知怎麼，我家先賢的家奴諸葛仲覺得阻力越來越大，大水在他的面前一浪高過一浪，浪濤阻止不讓他前行，水衝擊著他的酒葫蘆，把塞子都沖掉了。諸葛仲用力保護著酒，越保護越行不動，渾身的酒力也被沖跑了九分，他猛然一悟，這不是遇上了人們常說的水獸嗎？這肯定是一個貪酒的水獸，想到這嚇得他心驚膽顫，隨即把酒葫蘆一扔，美酒再好，逃命要緊，扔了酒葫蘆的他拼命地向岸上游去。

「說也怪，等諸葛仲扔了酒葫蘆後，水勢一下子恢復了原來的樣子。諸葛仲雖說狼狽不堪地回到家，向我家先賢一說，先賢饞得直嘖嘴，連連道，真乃好酒！可惜兩葫蘆好酒都讓水獸之王代我品嘗了。

「瞅一天風平浪靜，我家先賢讓家人諸葛仲帶路，過河尋友到中丘。到達劉家，與主人圍繞酒字幾句話的交談便感相見恨晚，劉家主人喚人弄來酒菜，我家先賢也不再客氣，隨與主人舉杯痛飲，兩人越談越投機，最後劉家毫無保留地把美酒的釀造方法傳授給我家先賢。

「我家先賢回到家裡，對劉家釀造美酒的配方又進行了改進，於是便釀出了香飄四溢的諸葛家酒。我父親初到泰山郡時，帶去的就是這種有名的諸葛家酒。眾位飲之，都讚曰好酒出陽都，諸葛家酒，美酒也。」

樸頭道人聽後哈哈大笑，他很讚賞這位聰穎的小客人，他瞅著諸葛瑾連連讚歎道：「賢喬梓，智喬梓。」

眼前這位孩子的一番話語，顯示出雄才大略。但樸頭道人經多識廣，他接著提出一個問題：「諸葛家酒矣，美酒。但有的漢子也身為七尺之軀，卻為何滴酒不沾，而你們諸葛家卻個個都是海量，且有諸葛仲之酒徒？」

諸葛亮機靈一動訂正樸頭道人的話道：「我祖上諸葛仲雖為家奴，但其不為酒徒，也乃酒仙。至於為何海量，你沒聽說過嗎？曾經，我們諸葛家族的老林（對大家族的祖墳之地的尊稱）旁邊有一塊菜園地，菜園地頭上有一棵大榆樹。那棵大榆樹已生長五百年，粗得需兩人都抱不過來。這棵老榆樹曾遭過雷擊，擊過之後，在狂風大雨中天火在樹頂熊熊燃燒了起來，像一個雨的天幕下一隻特殊的火把，雖遭到雷擊，但後來又奇蹟般地發出了新枝。

「當時整修陽都城的百姓都認為老榆樹是一棵神樹，有一風水先生到此左轉三圈右轉三圈後說，這棵榆樹的確了不起，真乃一棵神樹。如果用它做凳子，日後朋友多；如果做榻，日後子孫多；如果做樑，日後為官的多；如果做門，日後榮華富貴。

「我們家先賢從中丘城弄來釀造美酒的方法後，心想：權與榮華富貴皆過眼雲煙也，什麼也沒有酒好，酒能使人心情豁達，一天灌上一碗飄飄然，勝似做神仙。回家動手造起酒來後，就派人將菜園頭上的大榆樹殺了，做成了一個大大的釀造酒的大酒槽。結果，日後我們諸葛家子孫都成了酒仙、酒缸。會品酒者為仙，只知痛飲灌者為缸。」

樸頭道人聽後點頭歎曰：「一個人對酒的承受能力有大有小，並非是某件事物所為。日月輪迴，如有那麼一棵在雨中燃燒的雷擊榆樹，或做了酒甕，小小年紀的亮都為其豐富，給你們諸葛家族中諸多酒的故事添上一筆濃濃的神秘色彩。是美酒助你才思敏捷，亮非缸，乃小酒仙也。」

不論歷史記載還是民間傳說，諸葛家族的每位丁員都與酒字結下不解之緣。

諸葛豐一生奢酒如命；諸葛珪貪杯好飲；諸葛瑾應酬官場一生酒杯豈能少舉。

諸葛瑾之子恪也是酒中豪傑，他不但自己能喝，而且會勸。史載在一次宴會上，孫權叫諸葛恪勸客飲酒，行酒到張昭時（張昭是吳國朝野都很尊重的勳臣），張昭已經有了幾分醉意，推辭不飲，說：「我這把子年紀，還強讓我飲酒，實在不是尊長敬老的道理。」

孫權知道諸葛恪能說會道，不知不覺地慫恿諸葛恪道：「張公肯不肯飲酒，就看你是否能使張公理屈詞窮了。」

諸葛恪當即難為張昭說：「周文王的師傅姜尚年九十，還衝鋒陷陣，指揮作戰，尚切沒有說『老』，如今您軍旅之事走在後面，飲酒之事，應當走在眾人之前，這怎麼能說不尊長敬老呢？」

張昭醉醺醺的一時無言答對，只得一飲而盡。

對於諸葛家族飲酒之事，眾家周知的還是當舉後來的蜀國丞相諸葛亮了。諸葛亮一生以酒代茶，對酒當歌。他不但善飲，而且對酒有諸多論斷。《太平御覽》（卷四九七）中記載諸葛亮論酒說：「夫酒之設，合理致情，適體歸性，禮終而退，此和之至也。主意未殫，賓有餘倦，可以至醉，無致迷亂。」意思是說，設酒置宴要合乎禮節，主要是表達情感，傳遞心意，其次有益於身心。如果禮儀套路已經終結，但主人的心意還沒有表達出來，或者是賓客仍然流露留戀的心情，那麼就應當使情誼借酒酣暢淋漓地表達出來，不妨一醉。

同時，《心書・知人之三》又記載諸葛亮論瞭解一個人道：「……五曰醉之以酒而觀其性……」。《心書・將弊第六》又記載諸葛亮在談到弊病缺點時道：「夫為將之道，有八弊……六曰慌淫於酒色……」。從這之中後人清楚地看到，諸葛亮不但喝酒多，而且能正確地對待酒，是一個很會喝酒的人。

不論記載還是傳說，諸葛家族善飲，已是不爭的事實。

十六　淡淡蚊香草

蚊香草，草芬芳
擰根火繩長又長
火繩擰它十里三千丈
熏得蚊子無處躲身無處藏

唱著這首兒歌，初夏的一天，諸葛亮和李容、孫茲、孫士等一幫夥伴向城西北面的樸頭山走去。

樸頭山與眾小山山山相連。

樸頭山，對於成人雖然並不險峻高大，但孩童眼中的山更有著一個心靈的高度。

樸頭山上有著好多的動物植物。對於樸頭山，諸葛亮已經隨父親多次來過，每次大多都是拜訪樸頭道人或秋季狩獵。這一次，他到樸頭山不是見樸頭道人，也不是和成人們一起進山狩獵，他和夥伴們有一個秘密，那就是到樸頭山上採集蚊香草，用蚊香草編火繩，在盛夏的夜裡，為在廣場上納涼的人們，驅趕那些可惡的蚊子。

在這遍山翠綠的時候，諸葛亮想起與母親的那次一起春遊，那是他第一次登上樸頭山，情景歷歷在目。

春日山花爛漫，芳香遍野，溪水淙淙，清澈透明，蜂飛蝶舞，鳥語陣陣。父親騎著高頭大馬在前，母親所乘肩輿在後，管家張誠服侍左右。

母親乘坐的肩輿底部鋪篾席，上有頂蓋，四周有圍欄並有圍幔，前面有門，供母親上下，前後抬槓和蓋頂雖用黑漆塗了，但上面有紅漆繪的雲紋，和不問意點上的紅點，呈現出肩輿的大氣與莊重。山間路陡人稀，前後肩輿的兩個壯漢雙手緊握抬槓，汗水濕透薄衫，身體弱虛的母親讓抬輿者停下，她要步行繞山觀景。小小的諸葛亮見母親對下層苦力之人的同情憐憫，對娘親甚為敬佩。

母親下了肩輿，父親也得下馬來，大家沿小溪而上行。母親不時讓在野花上採蜜的小蜜蜂、讓舞動翅膀的小蝴蝶、讓水裡那看到他們的到來卻靜靜地一動不動的小魚兒所吸引，停下觀看。累了，她就坐在石上，看看遠山，看看挺拔的蒼松翠柏，大情大美讓她流連。

現在，娘親去了，諸葛亮看看母親曾經來過的這片山，這裡就是有母親的天堂啊！有母親的地方，哪裡都是天堂，內心深處，諸葛亮在吻著母親的笑臉，吻著自己的憂傷。

樸頭山上植物特別多，草和樹木都很茂盛。那種能驅趕蚊子的蚊香草在眾草中並不顯眼，它細細的小棵，矮矮的緊貼著地面，葉片很小，紫瑩瑩的顏色，春天發芽，初夏開花，開的那特別小的小花朵也是紫瑩瑩略帶點粉紅的顏色。就是這很小的花朵和葉片，卻散發著好聞的香氣，在百姓的眼裡，是一種天然的香料，聞一聞它，那清新純樸的天然香味滋潤肺腑。

這麼一種不起眼的小草，卻讓蚊蟲望而生畏。暑天的夜裡，酷熱難熬，人們都會走出家門，聚集在門場上乘涼。大人們談天說地話著桑麻，小孩子則躺在蓑衣上睡覺。這時那些白天不知躲在哪兒的蚊子就像小妖魔一樣跑出來，襲擾著人們，鬧得人不得安寧。但只要點上一根用蚊香草辮起來的火繩，火繩散發出蚊子害怕的氣味，所有的蚊子就都會妖魔遇到法師一般，遠遠地躲避。

火繩，又是老人們吃旱煙的火源。

諸葛亮和李容、孫茲等人沿著上山的小路往上走著，一條溪水曲曲彎彎繞過來，嘩嘩啦啦的水流是那麼清澈，小魚在清水中自在地游動，陽光照著小魚，小魚的影子印在石上，遠處的樹林裡鳥兒一叫一答，真可謂水清石出魚可數，林深無人鳥相呼。涉過小溪，來到樸頭山的一面山坡。呵，這裡有好多的蚊香草啊，本來想玩一會的孫茲一看到好多的蚊香草，也顧不得再玩，他便忙不疊地去拔，大家一看他忙活開了，就你追我趕地拔起來。

上山時大家有個約定，每一個人都要拔夠能辮三根火繩的草。

大家爭先恐後地拔草。這是一個比賽的過程，不但諸葛亮拔得很快，每一個夥伴都拔得很快，蚊香草本身就有著誘人的魅力，一小把一小把的積攢，每個人的草堆都逐漸大起來。

諸葛亮感覺自己拔的蚊香草夠辮一條火繩了，借著辮火繩也可休息一會，於是他就到附近不高的一棵山榆的樹陰下，把所有薅的拔的草抱過去，在一塊平坦的大石上坐下，把兩把香草擰上勁，用力辮著，一點點加草，專心地擰起火繩來。

山風在悠悠地刮，諸葛亮借著在樹陰下休息，把一根火繩擰好，接著又去拔草。休息與拔草兩不誤的做法引導了大家，孫茲、孫士他們一看這是個既乘涼，又休息的好方法，便拔一會草，感到能辮一條火繩了，就到樹陰下坐下來辮火繩，把草辮沒了，然後再去拔。

中午頭的日頭很毒，天實在是太熱了，年齡小一點的岳啟就躺在樹陰下涼快，李容則是光了身子撲在小溪的深窪裡，享受自然的沐浴。但諸葛亮仍然拔著蚊香草，汗水從他的臉上掉下來，他去小溪裡洗一把臉，渴了就捧一捧溪水喝，然後堅持著再去拔草。

勞動著是快樂的，想到蚊香草驅趕蚊蟲後人們的笑臉，為眾人驅趕蚊子，為他人謀福，做事情，讓大家在夜裡不再受蚊叮蟲咬，小夥伴們的興致更高。但畢竟他們都是些沒有長全力氣的孩童，日頭一歪，早就撐不住的岳啟感到累了，他一個喊累，把累的資訊傳遞給其他人，所有的人都感覺到了累，再外帶餓，孫茲也感覺撐不住了，就對諸葛亮說，都累了，咱們是不是應該回家了。

此時，在大家都感覺到累了餓了的時候，諸葛亮也累了，也餓了，他感覺確實應該回家了。於是他和夥伴們把辮好的火繩用棍子挑了，一支小小的隊伍，挑著他們豐碩的勞動成果，高高興興地在大山之間往家走去。

回家後，他們把蚊香草辮起的火繩曬在了打穀場上，幾天之後，蚊香草就乾了，夏夜，用蚊香草辮的火繩在人們納涼的閒場上點燃了，蚊香草燃出的煙在場上四散開來，多好聞的純天然香氣啊，在溽熱的夏夜裡，人們的心中多了一份清爽，蚊子聞到人們喜愛的味道卻不敢靠近，諸葛亮他們的愛心，讓這個夏夜的星光更加燦爛，月亮更明更亮。

十七 為丁收「相面」

草長鶯飛，一個新的夏天又來臨了。愛水是孩子的天性，剛剛進入夏天季節，諸葛亮在歇學的時候，與李容等一群同齡的夥伴們走出陽都城，就在沂河裡打水仗，追逐玩耍。

岸上，走來一個十七、八歲的青年。

這個青年人叫丁收。丁收的父母都已亡故，他跟著叔嬸過日子。由於家教禮儀的缺失，從小遊手好閒，並從遊手好閒漸漸地變成了城內人見人嫌的小無賴。他不但不幫叔嬸幹些農活，且惹事生非，對老人不敬，欺負年少，有時還偷雞摸狗。城內人都叫丁收惡陋鬼，或小不點無賴。

這一天，在岸邊閒散逛蕩的陳收見河裡那麼多的孩童少年在玩耍，他也脫掉衣服跑進了河裡。他這瘋魔了一般地往河裡一跑，小夥伴們都知道來者不善，迅速停止了打鬧，站在各自的地方靜觀丁收的動靜。

下到河裡來到少年身邊的丁收此時惡性上來，依仗著他的年歲大有力氣，毫不客氣地衝到玩得正高興的孩童面前，不是用雙手撈水潑這個，就是上去一把逮住一個小夥伴，一手擰著胳膊一手按頭往水裡按那個，嚇得正在狂歡的李容他們一邊罵著一邊狼追著似地逃命般躲避。

丁收儘管欺負這個狂耍那個，但對於出身大戶人家的諸葛亮他是不敢放肆的。看著這樣的不顧禮儀的舉動，諸葛亮對這個不識禮道的惡陋鬼深惡痛絕。

這樣欺負這個，玩弄那個，把在河裡玩耍的小小少年郎們攪拉得驚恐萬狀，掙命一般在水裡掙了一陣子命後，丁收累了，累了的丁收就上了岸，提了褲子到大柳樹的陰涼處、朝遠處躲避他的孩童箕踞而罵。罵一陣子後，就把身子撲通往後一放，躺在沙灘上睡覺。

雖然李容、孫茲已是少年，但丁收的臂力遠遠超過於他倆，夥伴們雖然恨得咬牙切齒，受了欺負的他們還是紛紛躲避瘟神一般離丁收遠遠的，不敢近前。

這時，只見諸葛亮大模大樣地向丁收躺下的那棵大柳樹下走去，他走到了丁收的身邊。

躺在柳樹下那半沙半土的沙地上的丁收斜愣了諸葛亮一眼後，就又把眼皮闔上了。諸葛亮不急不躁，在丁收的身邊坐下來，他用心地仔細看著平躺著的丁收。合眼躺著的丁收知道諸葛亮坐在了他的身邊，並沒有馬上理會。但過了一會後，忍不住地又漸漸把眼睜開一道縫。他見諸葛亮用兩隻亮眼在看他，就背向諸葛亮，側身一邊。

在水裡橫行了一陣子後，丁收已經累得沒有精神。

河邊老柳樹上的知了一陣一陣地在叫著，一幫豎子們也不再在河裡玩耍，紛紛回家了。河岸邊，只有諸葛亮及坐在不遠處柳樹下的李容、孫茲。

這邊，面向外躺著的丁收和諸葛亮兩人誰也不說話。陽光下，河灘很靜。毒辣的日頭，曬得知了又是一陣吱吱地狂叫，除此之外，靜得丁收呼吸讓諸葛亮都聽得清清楚楚。這樣過了好長一會兒後，諸葛亮開始說話了，他對著仍然背向於他的丁收慢聲慢語地說：「丁收，我看你最近的這段日子裡，會有一股災氣臨於你身。」

丁收好像沒有聽見似的，但他把身子側了過來，平躺著對著諸葛亮，又把眼睜開一道縫，看了看這位同城老鄉，沒有說話。

諸葛亮又說：「丁收，我說的是真話，從你的臉上我已經看出來了，真的有一股災氣在你的身上，且是大災氣。」

又是一個災氣，丁收一聽那什麼災氣，大災氣的這些讓人晦氣的話火了，他一個鯉魚打挺呼地坐起來，兩眼瞪著諸葛亮說道：「胡說，我什麼災氣？」

見丁收發火，諸葛亮微微一笑，仍心平氣和地說：「丁收豎子，我的話你不要不信，我會相面，我已經從你的臉上相出來，你的臉上動盪著一股災氣，這股災氣是從你的心底裡發出的，已經很重，我可以撂下一句話給你，作為今後的應驗，這股災氣不久就會發生。」

丁收繼續把眼瞪著，大聲叱吒道：「你少跟我胡編佯言，我一點災氣也沒有！」

諸葛亮見他不信，就起身，招呼坐在遠處樹蔭底下的李容、孫茲走了。

諸葛亮說丁收從臉相上看不久有災氣，但過了好些天，也沒有見丁收的災氣發生。

這一天，丁收在大街上見到了諸葛亮，他想起那天在河灘上諸葛亮說他面上帶有晦氣的事，就得意洋洋地說道：「諸葛亮，你說你會相面，說我有災氣，你那是相得什麼面，這多天過了，怎麼樣，我臉上的那股災氣，它在哪裡？」

諸葛亮兩眼直瞅著丁收的臉，一本正經地說：「這股災氣不但仍然在你的臉上還沒有破，而且越凝越重，不出幾日，豎子可知，奉勸你真得要多加小心才是。」

丁收哪管這些不出幾日豎子可知，揚長而去。

三伏頂子天，熱得讓人在家受不了，晚上，酷暑難耐，天氣悶熱得要命，老爺們、青少年和小孩童都到陽都城內靠東城牆的大廣場上納涼。

廣場最東端便是祭祀神靈、祭祀祖先的祭壇。除歲旦時節的祭祀外，秋後的豐收樂、圍繞糧堆共慶五穀豐登等重大活動均在這裡舉行。祭壇下寬闊的場地上，有的大人鋪下蓑衣坐在上面，有年少者乾脆就躺在光滑的場上。天熱，人們聊著天，話著哪個作坊整的窯貨最大氣有形，亮而秀美；誰又得了一柄好劍；誰家的那個牛犢子長得真快，明年春天就能成為犁地的好架式；哪天晚上河裡發大水，誰從大水的浪頭上看到了兩盞紅燈籠一樣的眼睛；春秋時孔老夫子到過陽國，齊魯分疆後多少年，魯國是如何被滅的過程怎樣如何等。

躺在地上的人，白天放牛割草餵羊鋤地，在莊稼棵裡拔草，累了一天，就在光滑的地面上躺著睡了。

丁收也來納涼，這個豎子白天不勞動不幹活無所事事，因此他的精神頭特大。他躺在場邊上想睡一會卻睡不著，想聽老丈們閒聊卻聽不進去，他才不去聽也聽不進大人們扯得那些什麼魯啊齊的，他的眼皮一眨一眨，瞅著月亮想故事。

半個月亮在往下斜著，忽然，他看見月明地下，一隻大青膀蠍子朝他爬來，他想起身把這隻青膀蠍弄死、或逮起來明天放在火裡燒燒吃。這一想法剛一出頭，就又被他自己打消了。他看看躺在自己身子裡邊已經熟睡的趙四，心裡一喜，在想，「我何不放這大青膀蠍子一碼，讓它爬過去用刺蜇趙四一嘟子。」一想到這，為了能讓蠍子順利通過，丁收於是兩個肩頭觸地，雙腿用力使勁撐著，雙腳蹬地，胳膊與頭並用，把整個身子撐起，騰起身子給青膀蠍讓了一條大道。

雙腳、胳膊與頭撐起整個身子的丁收在想著趙四被蜇後的情形。丁收小時也聽別人說過，青竹蛇兒口，蠍子尾上針，這兩樣可都是在毒中最上講的，蠍毒讓好多人受不了，他趙四被蜇後，一定是疼得一蹦一跳嗍嗍直叫。

想到趙四的嗍嗍直叫，丁收的心裡很興奮。

丁收的頭與肩支撐了好大一會子了，他在估摸，「蠍子是否過去了呢？」他的胳膊與頭撐得越來越支撐不住，兩腿開始發麻，發酸，發軟。他想這已經老半天了，那大青蠍應該過去了。大青膀蠍爬行得並不慢，肯定是爬過了自己的身子底，支撐了那麼長的時間的他，也確實累了，於是便放心地把身子往下一放，接下來就等看趙四的好戲了。

誰知，那蠍子喜歡陰涼，丁收把身子一支撐，它爬到丁收的身子底下，見了陰涼的青膀蠍子找到了好去處，就不走了，它就在丁收支撐起的身體下面涼快。

當丁收把整個身子往下一放，這一突如其來的泰山壓頂之勢對大蠍子來說無疑是一場重大災難，它急忙反擊，緊接著就把毒刺朝著壓下來的龐然大物猛刺了去。

這一刺刺在了丁收的背上。

丁收受不住蠍子的蜇，有心想看趙四表演的丁收沒想到自己會表演，小人光打了自己的算盤，沒有去打蠍子的算盤，沒想想人頭頂上還有天，沒想想老天爺還在睜大眼睛看著世間人，蠍毒太毒，這一蜇蜇得丁收一下子蹦起，一蹦老高，哭爹叫娘鬼哭狼嚎般喊叫，叫得聲嘶力竭。

毒汁左右得丁收在黑夜的空場上「狂歡亂舞」，跑這竄那，驚動得整個場上納涼的老少爺們不得安寧。

場的前邊不遠處有一個大池子，池內一半是蓮藕，一半是蒲草，前邊深處即沒蓮藕也沒蒲草，丁收被毒汁拿得實在受不住了，就一頭扎進那深水地方的池裡，露著頭在水裡哼哼。就這樣，他想讓蠍子蜇蜇趙四，沒想到自己三天三夜不得安聲。

事後，諸葛亮會相面的事越傳越神，說是不足一月前諸葛亮就從丁收的臉上看到了一股災氣，如此小小年紀，能從面相上看到他人的災氣，真乃神人也。

管家張誠問諸葛亮：「亮，什麼時候學的相面，相得如此準真，你的會相面得到的是哪家高人指點？早早地就能看出丁收的臉上有一股災氣？」

諸葛亮笑笑說：「丁收豎子整天打鄰罵莊，品行不端，心眼子灌了蠍毒，極不好使。世道有法，有禮則安，無禮則危，老想著傷害耍弄他人，害人者，終害己也，臉上的災氣並不明顯，但我看出的是，從他的內心早已生出的一股子邪氣災氣，這股邪氣災氣，遲早會臨於他身，果真早早來了。」

十八 恩師亦有「師」

諸葛亮的父母在世時，家中為他和哥哥諸葛瑾、弟弟諸葛均及諸葛族內子弟，請了一位教授他們讀書習禮的先生，這位先生就是宋然。沒幾年好光景，先是他的母親章氏去世，十一歲時，他的父親諸葛珪又離開了這個世界，隨之家境開始衰敗，供養先生也很艱難。宋先生便另擇高枝。

宋先生脾氣溫和，在諸葛府上教書時與諸葛亮、諸葛瑾相處得非常融洽，師愛弟子，弟子敬師，彬彬有禮。先生一走，小諸葛亮的心裡頓時感覺失落，人生聚分不定，分分合合，親愛的人不是離去就是遠走，世間滄桑讓他那還稚嫩的心靈過早地承受一番沉重，難過時他暗自掉淚。特別是宋然先生離開諸葛府上到其他地方教書這一事實，是諸葛亮在父母去世後，對他的又一次打擊，好在宋先生是走，而不是永去不再。

夜裡，躺在榻上的小諸葛亮回想起與宋先生相處的日子，先生溫和中不乏威嚴，一根戒尺在手，不聽話就打手心。然他又像慈父一樣關愛著自己。他很想念宋先生，很想找宋先生把近段的心情說給他聽聽，找他玩玩，再聽聽宋先生的教誨。

但自從宋先生從陽都城走了以後，諸葛亮一直不知先生被聘於何處，在什麼地方授業教書。

心裡時刻懷念著宋先生的諸葛亮，讓張誠有空時給打聽一下先生的下落。

這樣過了很長一段時間，一天，管家張誠告訴諸葛亮，他聽到東鄉趕集的人說，宋先生在黃圙河一家姓王的鄉紳家中教書。

聽到這個消息後，諸葛亮高興極了，他要抽個空兒去看望宋先生。

張誠說：「有空，我陪你去。」

雖然張誠這麼說，但府上的大事小事，讓張誠抽不出空，諸葛亮見他離不開，就決定自己去。張誠不放心，說你總歸還是個孩子。但小諸葛亮決意已定，說我已經十二歲了，一個十二歲的壯士，去幾十里地看望先生都去不了，日後還能做出什麼成績。

張誠見諸葛亮執意自己要去，也就同意了。他讓家人煮了二十個雞蛋，給諸葛亮帶給宋先生。

這天一早，諸葛亮就拿上雞蛋，一個人獨自上路，他出城向東，過了沂河，直奔黃囤河而去。

黃囤河離陽都城二十多里地，諸葛亮一路上心情不能平靜，茫茫人世間，知心者能有幾人，觀天地悠悠，路途遙遠，在路之人能有幾人懷揣清風，胸抱明月，瀟灑地在黃天厚土間不染塵埃。坦蕩者，宋先生也。

腳下是路，諸葛亮在豐富的想像空間行走著，行走在想像豐富的人生之路上，就這樣過了一城一莊，前面又一莊子，他一打聽，這裡就是黃囤河。他疾步進村，打聽著王姓鄉紳的家門。

在那家王姓鄉紳的大院落裡，諸葛亮見到了他思念已久的宋先生。一見宋先生，他真想撲進先生懷裡，享受一次父親般的關愛，然而他沒有這樣做，他感覺自己已經是個壯士，壯士有大情大愛，兒女情長，但要藏於胸間，深藏不露是真壯士。

諸葛亮把帶來的雞蛋遞給老師。

宋先生一見到諸葛亮甚是驚喜，忙把他讓進自己的下榻之處。閒聊之中，小諸葛亮看得出宋先生臉上一直帶著愁容，他就問老師有什麼心事。

守著自己心愛的學生，宋先生道出了原委。他說：「我從離開你家，走後至今，已經轉了兩個地方，原在南邊的鷹墩授學，那家人家的日子也不好過，今年過了年，我被聘到這裡來，但這家的孩子特別嬌慣，豎子難教也。」宋先生長歎了一聲。

小諸葛亮兩眼望著先生，問怎麼個難教法。

宋先生說，所教的這個孩子很頑皮、任性，既不聽話又不喜歡讀書。然主人規定不准打他的孩子，甚至連呵斥他的孩子幾句，豎子一哭鬧，主家的臉上就不掛一點喜悅之色。雖說主家一再說教好了工錢加倍，但我也知道教不好就要離開，離開倒也不要緊，主要是我教學的名聲，一個儒家的讀書人，連四書五經也教不下去算得什麼傳道釋惑。

宋先生喃喃地，他把自己憋悶於心的話說給他的學生聽。停頓了一會先生又說道，在此鄉紳家中，已經有好幾位先生在這裡教過，別說讓那個頑皮的豎子學字讀書，就是你不管怎麼講，那孩童聽也不聽。我已經來了一月有餘，家裡等著工錢吃飯不說，再這樣下去，我就得懷揣空有一腔激情的之乎者也走人。人圖個名聲，要是這樣走了，傳出去，以後有誰家還再聘我。

諸葛亮沉思了片刻說：「先生，我倒有個主意，你看怎麼樣。」

宋先生說：「你有什麼主意？」

小諸葛亮說：「他既然不願學，咱不教他學習就是了，咱去挖黃泥。」

宋先生苦笑了笑反問道：「教都教不好，咱還有心思去挖那黃泥？」

「咱整黃鼠狼子拉雞呀。」小諸葛亮說整黃鼠狼拉雞時，說得有些興奮。

宋先生一聽，無可奈何地一聲苦笑說：「眼下這般況狀，我哪有心思再去玩黃鼠狼子拉雞。」

看先生那萎靡不振的樣子，諸葛亮就笑著把自己的想法同他說了。

一聽諸葛亮說出的主意，宋先生細一琢磨，在琢磨中他的眉頭還真漸漸地舒展開來。說辦就辦，接著先生就領著所教的另外幾個孩子，也不再顧及主家的那位少爺，與諸葛亮走向村外。他們要去挖泥，整黃鼠狼子拉雞。

主家看著來了一個少年，見宋先生與他和其他的學生一幫人走出了大門，卻不領自己的孩子，頓感莫名其妙，心想這個先生學也不教了，去幹什麼了，不想在這裡教學了是嗎？

這時最惢的還是那位頑皮的孩童，此時不用上課、他隨心所欲地在家玩耍。

小孩子也有自己的心事，玩歸玩，那孩童面對先生的不管不問，心裡便感覺是個事兒，他的大腦雖然單純，想法單一，但卻也在思想，為什麼那麼嚴厲的先生一下子連管自己也不再管了呢，他們結夥幹什麼去了？他不時地到大門口瞅一瞅。這樣玩一會兒到大門口瞅一瞅，瞅一瞅後再去玩一會兒，一個時辰的工夫，那一幫人回來了，只見先生領著那些孩子們從田野裡回來，挖了好多好多的泥巴，帶著泥巴回到學堂後，在那兒有說有笑地玩。

老師和學生盡情地玩起了泥巴，根本不提學習的事兒。他們捏泥人，捏泥狗，捏一隻黃鼠狼，再捏一隻小公雞。

在整泥人，捏泥狗的過程中，諸葛亮和同捏泥巴的孩童還唱起了兒歌：

尿泡尿
尿泡尿
和堆泥，整小哨
奶奶吹，爺爺笑
大姨叔叔看熱鬧

玩泥巴，整小雞小狗，唱兒歌的有趣活動，很快，那個沒有一點心思上學的小頑童被兒歌、被泥的這種玩法所吸引，他熬不過，於是就湊上前來，躲在門外往裡，偷偷看先生和新來的那個學生等人弄個什麼究竟。

宋先生與諸葛亮他們把從野外抱回的一塊塊泥巴分成若干小塊，在石板上摔著，摔得均勻有柔性。之後宋先生捏好一塊大泥蛋當底座，又找來一根圪針，針尖往上放在上邊，小諸葛亮整了一隻黃鼠狼子，先生捏的那一隻小公雞很有趣，仰著脖子要高歌一番似的，他們動手整的是黃鼠狼子拉雞，黃鼠狼是那麼的機靈和精神，小雞又是那麼可愛。捏好後，把黃鼠狼和雞各插在同一根棍的兩頭，中間找好平衡點，放在圪針上頂了，手指輕輕一拔，黃鼠狼就把小雞追起來。

多麼有趣的玩具啊，趴在門框外面的那孩童被深深地吸引住了。他起先遠遠地看，看著看著，就慢慢地進得屋來，向宋先生靠近，最後乾脆過去蹲下來，用手輕輕撥動那黃鼠狼子拉雞。再後來便是伸手要了一塊泥蛋，與宋先生一起動手整起小動物，當天他們玩得很開心。

諸葛亮在黃囤河住了一宿。在小諸葛亮走了以後，宋先生抓住這個機會循序漸進，根據孩子的天性，從教頑童如何發揮童性盡情地玩，到把他的精力引導到習禮讀書上。

主人見他的孩子不但玩得好，並逐漸識書達理，不長時間就變了一個人似的，不再自己嬌慣自己，對宋先生低眼高看，欣賞有加。

夜裡，宋先生躺在榻上，想起小諸葛亮的整黃狼子追小雞的方法，自言自語讚歎曰，真乃有識不在年高。

使一匹一時不可馴服的小野馬有規有矩，學習步入了正道，宋先生不勝感慨，死板地教學，會把好學生教得腦筋呆板，從諸葛亮想出的整黃鼠狼子拉雞上他想，任何事情都不可以走死套路，換一個方法，或許會有著意想不到的效果。

十九 送狼羔

陽都城東邊的沂河兩岸樹木森森，樹棵子茂密。古語道，林子大了什麼鳥都有。這河兩岸的樹棵子一茂密，別說是鳥，就連獸也多的是。獾、兔子、野猁子、狐狸、黃鼠狼、麂子、野豬等大野獸小野獸好多好多，有時，人們還會不時地見到從樸頭山上下來的獐子、熊、鹿等動物。

但當地人見得最多的也最惹眼的當然是狼。

活動在這裡的狼都有個顯著特點，不怕人。白天它們在河邊的小路上隨便溜達。出城下地或下河的人們，看到狼或遇到是很正常的事，有時見到一隻，像狗一樣在獨自溜達，看見人也不害怕，見人多勢眾需要迴避時，才慢騰騰地鑽進樹棵子，有時看到兩隻，單人行走，感覺很是駭人，行人這時就要避讓它們了。人煙稀少，野獸自然多，大白天碰到狼以及貛、狐狸、野豬是經常的事，拿棍子在路邊的草叢中隨便抽三抽，就會有兔子驚跑。

一年春末，陽都城有幾個小小少年走出城，來到沂河岸邊的樹空隙間，走進樹棵子裡挖野菜，割青草。忽然，一個正在到處找小野蒜的叫岳啟的半大小子高喊道，快來看啊，這裡有兩隻小狗。

大夥一聽有小狗，野菜也不挖了，草也不割了，急急忙忙跑了過去觀看。

這是一片密密的樹棵子，一棵並不大的樹下，有一堆軟草，軟草的上面，兩隻憨態可愛小狗模樣的動物正在睡覺，它們的樣子是那麼招人喜歡。孩童們特別喜愛小動物，他們圍攏過去，在憨態可愛的小狗模樣的小動物身邊蹲下來，於是你摸摸，我抱抱，越抱那兩隻「小狗」越可愛，最後乾脆菜也不挖了，抱起兩隻憨態可掬的小動物回家。

岳啟他們回家的路上，剛進入城門，正遇上諸葛亮。岳啟高興地抱著他拾到的「小狗」跑到諸葛亮跟前，讓諸葛亮看看他懷裡的一隻小狗。

諸葛亮就抱起來看了看，端相了一陣子後他問道：「這是在哪弄來的？」

岳啟說是在河邊的那片茂密的樹林裡撿到的。

諸葛亮聽後認真地對岳啟說：「這哪是小狗啊，這是小狼羔，在哪邊撿到的，應該快送回到哪個地方去，不然，這小狼羔的娘可會生氣的。」

岳啟聽了，當然不願意送回去，多可愛的小動物啊，就算真的是小狼羔又有什麼，你看它的眼神中充滿了對這世界的喜愛，雖然是小狼羔，也是生靈，餵著又有什麼不好呢？幾個孩童沒有肯聽諸葛亮的話，怕諸葛亮再勸他送回原地去，隨後抱著一隻小狼羔的岳啟就跑快步向家跑，一會就跑遠了。

當天傍晚剛上黑影，城外就傳來狼的嚎叫，「哞哞」的聲音驚天動地。年少的諸葛亮知道是岳啟他們幾個孩子抱走了小狼羔，母狼來尋找它的孩子小狼來了。

一整晚上，狼的叫聲不絕，那聲音淒慘悲哀，陽都城的人們一整夜在恐慌中渡過。孩子一聽城外那麼大的叫聲，也膽顫心驚，再不敢哭鬧。

這一夜，諸葛亮也聽到了母狼扯心裂肺的悲痛叫聲。他想，狼雖然是兇殘、讓人討厭的野畜，它吃雞吃豬，嚇唬在田野、在河邊拔草拾柴玩耍的孩子，也威脅成人，但那是它的天性。作為母狼，它也是一個母親，也在深深愛著自己的孩子，如果孩子不見了，它的心也在痛，儘管是野性的狼，人也應該與它和諧相處，這是大自然的規律。世上少了任何物種都是殘缺，人類不能只為了自己的喜好而忽略了其他生靈。

第二天一早，諸葛亮就來到岳啟家。未進門，就聽到小狼羔吱吱的叫聲。這一夜，小狼羔沒有在母親的身邊，沒有吃奶，它想娘的心情可想而知是多麼焦急，只是它不會說罷了。其實，它有它的語言，只是人聽不懂。

岳啟的父親岳甚已經起來做活了，勤勞的農家人是閒不住的，他利用早晨的空，田裡這段也沒有什麼急需要做的農活，就做些手工活，正在家鋪開攤子編蓆莢子（葦笠）。

岳甚是陽都城編蓆莢子的高手，經他手編出的蓆莢子工藝精湛，美觀大方，密實耐用。遮陽遮雨不說，並且還是夏天女人外出時的裝飾，那些小花蓆莢是女人們夏日裡的必備品，他賣的價格又低廉，因此成為一個品牌，為當地人所喜愛。

岳甚的身邊是編蓆莢子的工具和材料。蓆莢子用葦子做材，經過岳甚的鍘、削、泡、刮、熏、沿等十餘道工序，一頂好的葦笠才製作完成。頭一天裡，岳甚就把葦子取來後，用鍘刀鍘成一米左右的長柱，削去節間疙瘩，然後用一種鐵製的「瓜」，將每根葦柱豎劈成數塊，然後放進水裡泡。用水浸泡了一天之後，今天早晨早早地起來，又把每根劈開的葦子刮幾刮，刮去瓤子。把編笠的原材料準備就序後，他便在一個自製的笠模具前，手很俐落地編成一頂頂的雛形，把雛形放在一旁。後面的一道工序，是由岳啟娘沿起葦笠一周邊的邊。成品到時再用硫磺一熏，使葦蔑黃白可人，一個完整的葦笠就成了。

正在忙著編蓆莢子的岳甚一看諸葛亮來了，就高興地地招呼他道：「亮，來了？」諸葛亮就笑著說來了。他走到岳甚面前，看著其編蓆莢子熟練流利的動作，看著那一雙粗壯的手指卻也手巧心慧，把一件件藝術品魔術一般地呈現出來。再從他那臉上的神情看，並不是在苦苦地勞作，實乃在高超的編笠藝術表演中享受，普通勞動者的心境是如此美麗，諸葛亮深為感慨，他欣賞地說：「大叔編技確實高哉。」

岳甚道：「利用早晨農閒之空，閒來無事，動動手，換些錢花。再者，手上的這門手藝也得常練，越練越熟，熟能生巧，不然編笠的手就會生疏了。」

他們說了一會兒編葦笠之事，諸葛亮把話一轉，他對岳甚說：「大叔，昨天夜裡你聽到狼叫了嗎？」

一聽諸葛亮問他昨天夜裡聽到狼叫了嗎，岳甚把手中編笠的活一停，看著諸葛亮，面帶惱色說道，一夜我讓那鬼哭狼嚎弄得只打了幾個麻兒眼，我正想找幾個人，帶上鋤頭鉤子，帶上弓箭，去找找狼，把它趕到山上去，要是逮著它更好，把它打死吃肉。

諸葛亮說：「大叔，那條狼一夜哭淋淋的腔調，讓咱全城人都覺可恨，你想把它趕到山上去的想法也很好，狼再凶，它總歸怕手中有鉤子弓箭的人。但你想想，岳啟把它的孩子給抱走了，作為娘親，老狼能不想它的孩子嗎？」

一聽諸葛亮說狼想孩子，岳甚打斷他的話，說小孩子，別瞎說了，狼還想什麼孩子，它就是那樣的野性。這時，想娘親的小狼羔又叫了，叫聲讓人揪心，岳甚看了一眼小狼羔後氣憤地說道：「這些diary生長大了也是禍害，它還在叫，我這就摔死它，看那老狼夜裡還來嚎。」

說著，岳甚起身就去逮在軟和草上的那隻小狼羔。

諸葛亮忙上前攔住他。

父親的大嗓門驚醒了岳啟。

醒了的岳啟一聽父親要摔死他的小狼羔，趕忙起來，睡眼惺忪地過去一把抱起他的那個小寶貝，用頭抵著小狼的頭，親親小狼，他感覺小狼羔是那麼可愛。

諸葛亮繼續對岳甚說道：「大叔，其實，狼是怕人的，你想想，再能的野獸不是都讓人給治了？只要我們不去侵犯類似於狼這種帶有兇殘相的野畜，狼輕易也不會攻擊人的。至於傷我們的家畜，它也是需要生存，有時也要理解，只要我們把家畜看好就行了。」

一旁的岳啟娘也說：「亮說的正是，大狼小狼都怕人。老狼作為娘親，丟了自己的孩子，那個味怎麼能受的了，在孩子上，老母雞都知道疼它的孩子，凡是當娘的，人心和畜類心都是一理啊。還是聽亮的，早早地讓岳啟把在拾小狼羔的地方放了。」

岳甚聽不慣這些道理，他也聽不進去。日頭出來，他想想菜園上還有農活要做，他對諸葛亮說，你和啟說說，他要是想送，就把小狼送回去吧。於是就不再說什麼，扛起鋤頭到菜園上幹活去了。

諸葛亮走到岳啟跟前，伸手摸摸他懷裡的小狼羔，很有耐心地對他說道：「昨天晚上你聽到老狼哭了嗎？」

岳啟搖搖頭。

諸葛亮繼續說：「你把老母狼的孩子抱回城裡來，小狼的娘能不想嗎。母子連心，你傍晚回家晚了，你娘都到處找，老狼丟了自己的小孩子，能不著急嗎？它能不想自己的孩子？你如果不送回去，晚上老狼會約夥更多的狼來，那哭叫聲會鬧得咱這整個城不得安寧。」

岳啟沒有說話，只是看著他的狼羔。諸葛亮又繼續開導他說：「再說，你身上有小狼羔的氣味，老母狼是很有靈性的，這氣味什麼時候也洗不去，日後老狼聞到你身上的氣味，大白天也會截住你，找你算帳，它呲牙裂嘴要和你拚命，你能不害怕？還是早早把小狼羔送回去吧。」

岳啟娘接上諸葛亮的話教訓岳啟道：「你亮哥哥說的很真實，在哪窩揀的送哪窩，你要是不快送回去，河沙灘裡你別想再去玩了，也別再去田裡挖七七菜、苦菜子了，只要你一去，那老狼就呲牙裂嘴地和你拚命，你不害怕，我可是害怕。」

諸葛亮把岳啟又哄又嚇，岳啟呆呆地聽著，聽完，他抱起小狼羔，又去找到抱了另一隻小狼羔的趙曾，與諸葛亮等人一起，把小狼羔送回了昨天看到小狼羔的那片茂密的樹棵棵子裡。

把小狼羔送回去後，夜裡，沒有聽到老母狼的哭叫聲，諸葛亮想，老母狼看到它的孩子平安回到它的身邊，應該是多麼高興啊。想到這他心裡如釋負重，輕鬆自如，想想老狼與它的孩子母子團聚的情形，他的內心便油然生出溫馨與幸福。

二十　少年結盟

陽都城對岸河陽，有一個偌大的雜姓莊子，莊子中一幫少年，他們個頂個的身高馬大。為首的一個少年叫陳正，陳正性格粗野，拳頭硬，又好動武，無論是春天夏天，還是秋天冬天，他憑藉自己滿身的力氣，不時地用他的拳頭教訓其他城邑村落的孩子。

春來草自青，孩童走出家園，來到曠野；秋日天高雲淡，自然的美景讓人親近，此兩個季節沂河河水穩定，沙灘潔白，大大小小的孩子喜歡在河沙灘上玩耍。

陽都城的孩童、少年孫茲、李容、岳啟、孫士、諸葛亮結夥成對走向母親般的沂河，在河裡逮魚摸蝦，在河邊挖野菜，在沙灘上遊戲玩耍。但是，經常是當玩得正熱火的時候，對面陳正帶領著那幫少年就會衝過河來，把逮的小魚給搶走，把挖的野菜搶走，把筐踢進河裡，稍有反抗，對方就會拳腳相加，時間一長，這種騷擾成了習慣。陽都城的少年孩童們讓這種無休止的騷擾弄得怕了，只要河陽的那幫頑皮少年一出現，陽都城的一幫小夥伴們不得不停止玩耍，逃避瘟疫一般趕緊離開沙灘，離開河岸，四處逃散。

開始只是騷擾，後來河陽的一幫少年變本加厲，竟然捉住陽都城的孩童就像押俘虜一樣押到河東岸去。這一天，他們把小岳啟捉了去，先是拳打腳踢，後又讓其稱奴稱臣，讓岳啟伏地上，從他們的胯下通過不說，還把岳啟的褲子退到腿腕處，把岳啟的頭按住，掐住脖子硬往褲襠裡按，直至按進褲襠裡，還美其名曰「頭頂褲」。一次次都是把捉去的人直到折磨夠了，才把「臣子奴隸」放回。

從春到夏，冬日過後又是春，這樣天長地久地折騰，本來在天堂一般的沂河岸邊的沙灘上盡享童年少年的快樂，但內心充滿陽光的陽都城小夥伴們被折騰得怎麼也高興不起來，個頂個的心情一下子變得悶悶不樂。

陳正和幾個野蠻的河陽小霸，不但霸佔潔白的沙灘，欺負陽都城的一幫孩子，同時他們也欺負河下游安泰莊的孩子，時不時趁那兒的小夥伴們正在河沙灘玩耍時，他們也會像對待陽都城的孩童、少年一樣，從後面悄悄地包抄過去捉俘虜。只要他們一出現，安泰莊的一幫夥伴也得趕緊躲避。

雖說是河陽的一幫少年頑皮，但當有成年人出現時，那幫頑劣小狂徒便裝出很老實守規的樣子，若無其事，即使在想動手作孽時，也會看看周圍，只要發現不遠處有大人，也就安分守己，不再動手搞惡作劇。陽都城的孩童回家把河陽一幫少年欺負打壓、那個陳正一出現，讓孩子們像見了蛇一樣害怕的實情向父母訴說，父母多為搖頭不信。欺辱的事情一次次地發生，鬧得陽都城的一幫小夥伴在心理上害怕起河陽的那幫少年，並更心生仇恨。

同樣是少年的諸葛亮在想，「要想對付陳正他們那幫頑皮的河陽少年，單靠成年人的保護是不行的，因為大人們有的是活兒要做，不可能天天在河沙灘上，在河裡看護他們。那幫頑劣少年不是也欺負安泰莊的孩子們嗎？我們何不搞一個聯合，同安泰莊的少年交朋友，聯合一起，共同對付河陽的一幫惡少。只要聯合起安泰莊的那幫小夥伴們，如果打起仗來，兩夥力量就合力對敵，擒住他們一個兩個，也讓他們在受受皮肉之苦之時，同樣從胯下鑽過去，也嘗嘗受辱之羞。」

諸葛亮向孫茲、李容等小夥伴把聯合安泰莊一幫少年的事一說，孫茲聽了很擔心地說：「如果那樣做，我們同河陽的那幫豎子的仇不是越結越深嗎？」

諸葛亮說，不要怕結仇，只有攻，才是最好的守，聯合才能使我們變得強大。如果我們就這樣怕下去，只能是甘受欺辱，不但今天是這樣，明天還是這樣，這樣的情形渾泥湯子的水流繞山轉，會沒完沒了，流多遠也沒清的時候，如果天天被他們河陽一幫惡少追得狼攆著似地跑，何時是頭？聯合安泰莊的少年，同他們交朋友，我們就有了力量，就不怕河陽的那幫豎子，單憑陽都城的這些人，是抗拒不了河陽的那一幫豎子的。

諸葛亮把自己的想法同大夥說出來，他的主意的確好，講透徹後，孫茲等小夥伴感覺這是個好主意，於是諸葛亮和李容、孫茲等幾個夥伴就在陽都城下游過河，向安泰、中丘城所屬的那片沙灘走去。

諸葛亮他們過河東去。安泰莊的一幫少年遠遠地看著陽都城方向過河而來的幾個少年，只見來人一個個面帶笑容，沒有敵意，就放心大膽地迎上前來。

諸葛亮和李容、孫茲等夥伴們來到了安泰莊的少年們面前。安泰莊的少年們聽諸葛亮把道理說明，雖然很同意這種想法，但為首的馮秀還是提出了他的擔心，「聯合固然能抵河陽之少年強悍，但如人少時，何為？」

諸葛亮回一個避字。

機靈的小個子馮資說：「我們能天天避嗎？那樣，這片沙灘對於我們少年、孩童不是空有潔淨嗎？」

諸葛亮說：「我自有辦法。」

馮秀看諸葛亮真誠而鄭重地談此事情，深為他改變共同遭遇的境況之想而折服，爽快地答應。

雖說是答應聯合，但也讓馮秀擔心，他說，河陽的那幫豎子個個英勇無比，就是我們聯合了，我們是否能戰勝他們也未可知。

諸葛亮看看眾人說：「我這些年隨父親大人多次到樸頭山，樸頭道人授我一神功，傳授之後，頭上就會冒出凡人看不到的三尺天火，那可是得道高人所傳的神仙的力量，只要我傳給大家，你們身上就會力量倍增，有了那神功，別說是能戰勝凡人，那頭上的三尺神火，就是妖魔鬼怪也要害怕我們三分。」

方圓百里對樸頭道人都很敬仰，那的確是一位得道高人，大家一聽諸葛亮說他身上有得道高人傳授的神功，都要他快快傳授。諸葛亮就讓大家站成八卦陣形，於是閉眼對天，面向西北的樸頭山，張開雙臂，迎接神力。這一閉眼，讓他似乎看到樸頭道人的神韻飄然，一股神奇的力量也正注入他的身體之內，然後他兩手挨個夾住每一個夥伴的手，讓其閉眼，接受。

之後再親親受功人的額頭。這樣輪番授功於每一個人。

多麼晴朗的天氣，祥雲在天上飄動，河水嘩嘩南流，白雲藍天下，清清河水旁，陽都、安泰兩地的小夥伴形成了沒有盟約的聯盟。當天下午，安泰莊的少年及孩童們正在河邊玩耍，上游河陽方面的陳正等一幫小狂徒高喊著自上而下奔跑而來，正在河西岸的諸葛亮、孫茲、李容他們早觀察到了這一舉動，於是陽都城的一幫少年們急忙迂迴到陳正等人的後面。

安泰莊的馮秀等小壯士看到諸葛亮一行在直奔河陽一幫豎子身後，也不再膽怯，一場少年殘酷的遊戲開始，三方赤膊上陣，喊聲震天。雖說陳正等河陽少年勇猛頑強，但不敵陽都、安泰兩方人多勢眾，再加上陽都、安泰兩幫少年他們個頂個地受了諸葛亮傳授的從樸頭道人那兒得到的神功，從心底裡迸發出一種戰必能勝的力量，勇猛對付著外來侵略勢力。

吶喊聲中，河陽一幫豎子漸見下風，陳正一看大勢不好，抽身逃走。這一場戰爭以逮住河陽一方三名劣少，捉住三個俘虜成為其最為精彩的聯合樂章。

對於三個「俘虜」，李容的處理方法是以其人之道，還治其人之身，他們抹岳啟的頭頂褲，我們也把他們的褲子退下，把頭摁進褲襠，讓他們嘗嘗受羞辱的滋味。

對李容抹「頭頂褲」的提議，馮秀、孫茲等人非常贊同。諸葛亮想了想，他搖搖頭表示反對。說用低級行為懲辦頑者並非君子所行之事。他對河陽三名頑少一番訓導之後，見孫士的筐內有一隻已經死掉的螃蟹，就過去把那隻死螃蟹拿起來，交給了其中的一人。

諸葛亮對河陽的三位頑少說道：「三豎子可將此螃蟹帶給陳正，就說我諸葛亮把此禮物贈送於他，要他從中讀些告誡，日後好自為之。」然後就把三人放了。

三位豎子回到對岸，見到陳正後把諸葛亮所贈死螃蟹遞上。陳正一看大怒，他接過那死了的螃蟹掄起來，口裡道：「諸葛亮啊諸葛亮，捉住你，看我如何對你羞辱！」朝地上用力一摔，死螃蟹蓋腿分離，被摔成了兩半。

三位從對岸而回的少年見陳正怒之如火沖天，面面相覷，然後小聲問陳正：「何故讓你動如此干戈？」

陳正從牙縫裡擠出幾個字：「他咒我橫行必死。」

聯合出力量，從此，安泰莊的孩童很大方地過河到陽都城這邊的沙灘上，和一幫新夥伴共同玩耍，陽都城的孩子也到安泰莊的那片沙灘上去，在河裡逮魚摸蝦，他們相互多了新的夥伴，多了快樂。

快樂之外總傳承著不測的風雲，對面河陽的那幫豎子們對於失敗很不甘心。陳正見原來他手下的受辱之眾竟然如此快樂，便帶領他的手下又過來騷擾，然陽都城和安泰兩方的少年聯合後早沒有思想上的膽怯，心中多了必勝的信心，正氣壓邪，外帶馮秀膀寬腰圓，馮資靈活善戰，諸葛亮善謀多智，雙方外憑有同盟的支援，人多勢必眾，內有敢於勝利的勇氣，面對來犯不但不跑不躲，而且主動出擊。河陽少年想報同伴被抓之仇，想捉個俘虜污辱一番，以解心頭之恨，還沒交手，就聽河的左右兩岸，上下兩處喊聲如驚雷炸響，兩幫少年不用分說把他們打了個快速逃竄。

少年狂熱，少年富有激情，少年也有很多不甘心，在不知不覺中，被陽都城和安泰莊的兩幫小壯士合圍，吃下了不少苦頭之後，河陽的一幫少年同樣不甘心，他們也在思想，為什麼這一河之隔的兩個地方的少年會合力對抗我們，當聽說全是諸葛亮出了這麼一個聯合安泰莊少年的主意時，陳正對諸葛亮又氣又恨。他在想，如果哪一天陽都城下沙灘上玩耍的孩童人少，我便淌河過去，對他們來個突然偷襲，抓到了諸葛亮更好，即使抓不到諸葛亮，抓個俘虜押回來，「回贈」一些花朵，讓俘虜帶給諸葛亮，羞辱他這個自己臂力抵不過河陽壯漢，卻生出方子借力而行的人為嬌氣的小女人，也好解解心頭之氣。

陳正在瞅著這樣的機會。一天，只見對面陽都城下的那片沙灘上，有三、四個孩童，正在「挖燕子窩」。他們把濕沙翻出來，挖出一個沙坑，把兩腳放在沙坑中，埋上濕沙，然後輕輕地拍一拍，嘴裡喊著從奶奶那兒流傳下來的兒歌：「拍，拍燕子窩，燕子窩裡下大雪。」把濕沙拍實了之後，輕輕地將腳抽出來，一個燕子窩就形成了的「燕子窩」玩法。

此時，一位少年從城邊的林間小道上走來，徑直走到幾個孩童中間，那位少年看了一會孩童們的遊戲後，就踱到了河邊，靜心地看著水流。

河陽這邊，幾個少年看看那個正在若無其事地看流水的氣度不凡的少年，曾是「三個俘虜」中的一人對陳正說，這人就是諸葛亮，並非力大無比，我一人過去，拿他的單頭，可扭其胳膊押來。

陳正尋思了尋思說，不可，萬一他身上有什麼法術，你會吃虧，我們一同過河。

陳正他們幾個河陽少年向河的對面奔來。

再看諸葛亮，依舊悠然地看著河水，之後他抬頭看看天，看看遠處的樹木，那份從容鎮定讓來到水邊正要過河的陳正震驚。

陳正停住了腳步，他細心觀察著。

突然，陳正看到了從對岸上游的樹林裡衝出來的十幾名陽都少年。再扭頭向下看，下游的樹林裡也衝出了一幫安泰莊的少年。陳正大驚失色，他急忙領著手下人迅速撤退。

撤回對岸的陳正開始對諸葛亮佩服。他對手下人說：「我等只是莽撞，諸葛亮雖然年少，卻有計有策，是位思想高我幾倍，目光長遠，心計縝密過人，深謀遠慮之人。」

又動了幾次手都是同樣的結果，陽都城和安泰莊的小夥伴們人多勢眾，占了優勢，河陽的一幫豎子們自然是占不了便宜，每次得到的是被追得四處逃奔。

面對強勢，諸葛亮用一種大智慧思考出的路子，默契且鞏固的少年聯盟讓安泰、陽都兩幫少年受益匪淺，此後的一段時間裡，諸葛亮他們陽都城的一幫夥伴和安泰莊的少年不時地主動出擊，到河陽一幫劣少的地盤上去活動。眼看兩方勢力不但不平衡，而且嚴重傾斜，從那時起，河陽的一幫搞惡作劇的少年就有些收斂了。一旦他們有意欺負安泰莊的年少者或者是陽都城的年少者時，兩方就集中力量向他們討個說法，聯盟行動使河陽劣少們心驚膽顫，這種聰明不但有效地制止了河陽一幫豎子心存邪念、隨意欺負他人的無賴行為，也使陽都城和安泰莊的少年孩童在自由的天地裡玩得更加開心自在。

二十一 草人中箭

男兒當自強。

沂河西岸陽都城下偌大的銀色沙灘上，十多個半大的男孩目光炯炯，他們個個武士一般的精神狀態，每人手裡拿著一張用臘條作弓骨，用麻繩子作弓弦，再用筆直的硬樹枝當箭的弓箭。

這是聯合安泰莊的一幫少年、在共同對抗河陽一幫惡陋鬼取得階段性勝利之後，陽都城的李容、孫茲等夥伴們習武要強的精神頭更足了，現在，大家要在這潔淨的沙灘上舉行一場射箭比賽。

壯士崇尚勇武，愛好刀槍棍棒。弓箭是武器中的一種，是男兒的最愛。當地有個風俗，不論平民還是富貴之家，誰家添丁之時，若是男兒便在門口掛上紅子、一頭蒜，和一支用紅秫秫秸作弓骨、紅繩作弓弦做成的弓箭，紅布條代表吉祥，蒜和弓箭意為能打會算；添女孩則是在紅布條的紅子上拴一縷飯帚苗。弓箭的寓意不言自喻。有趣的是那箭桿是用紅秫秸的莛子，箭頭則是秫秸的骨節，圖得是個吉利，這樣的弓箭也是一件很有價值的民間藝術品。陽都城的男孩子從小對弓箭情有獨鍾。箭，又是伴隨他們成長的最好玩具。

深秋的沂河上，風刮得有些涼了，河水也瘦了，也清了，沙灘的面積更大了。爭勝，是每一個人的天性，勝敗在於比，手中有弓有箭，為了比試誰射箭準，他們找來了枯草，然後把枯草用草繩捆綁在一根木棍上，捆成一個草人，往沙灘上一插，就豎起了一個靶子。

自然，諸葛亮在這群少年中間的角色很亮眼，很多的遊戲規則都由他制定。現在，他和他的夥伴們規定在離草人九步開外的遠處，腳下劃一條線，射箭者站線上外。然後諸葛亮把與人頭相同、且長短不同的草棒攥在手裡，露出的一頭一樣齊，大家依次抽草棒，按草棒的長短，抽到最長草棒的先射，短者後射，照準草人往上面射時，每個人只射三箭。

把捆好的草人往沙裡插下後，諸葛亮便以草人為中心，向正前方向走了九步，然後又弄了草棒把它掐得長長短短、與參預比賽的人數相同，攥在了手裡後把露出的一頭整齊，亮給大家。

大家開始抽籤。

抽籤後一比，小岳啟抽到了最長的一根，他第一個出場射箭。他很興奮，高興地舉起弓箭對著草人躍躍欲試。

李容看看興奮異常的小岳啟，拍了他的肩頭一下，又指了指老柳樹下的那個藕葉包說道，諸葛亮把鹽和花椒粉都拿來了，這次對前三名的勝利者，還是那最美的獎賞，一會大夥下河逮了魚兒，由諸葛亮動手燒烤，請勝利者吃烤魚，你可得爭取吃到烤魚啊。

小岳啟一聽射箭比賽完後，還要下河逮了魚兒，由諸葛亮動手燒烤後獎賞給勝利者，情緒立時高漲起來。情緒高漲的又讓小岳啟把手中的弓箭往空中一舉高呼道：「屈指數我，我先品嘗，諸葛烤魚，美名遠揚。」

岳啟這樣一喊，大家便聯想起諸葛亮在歷次的烤魚中他那不急不躁，用野火烤出魚兒的特有風味，這種烤魚對於眾人，箭還沒有射，夥伴們有的就已垂涎欲滴。

在陽都城，多少次諸葛亮與小夥伴一起在沂河中逮魚，然後把小魚去掉內臟，整理乾淨，在河崖邊上拾些柴禾，把從家中帶來的鹽、花椒粉撒上，再用荷葉包好，放在火上烤，或用大火燒石，把魚放在石上，用石頭的熱量把魚蒸熟。荷葉裹魚，清香四溢，一幫小夥伴吃著純天然的烤魚的愉悅神情，記在了少年們的心中。一道野餐，那種特別的吃法，對於一幫孩子絕對是盛宴。

說到諸葛亮烤魚，日後有傳說道，東漢末年在江夏西陵，一吳姓人家為了躲避戰亂，舉家遷至鄧縣（湖北襄樊境內）。吳家人世代為廚，尤以吳懋的廚藝最高，也因此與當時隱居鄧縣隆中的諸葛亮交好。吳懋每有新菜品，便備下家宴，邀諸葛亮和其他幾位好友共品美食。諸葛亮最愛吃的一道菜是吳懋特製的烤魚·其用料和做法與普通的烤魚多有不同、別具特色。

後來又傳說諸葛亮到吳家後，觀吳家廚藝，在烤魚時，他聯想到自己小時在沂河邊上，忘記不了兒時野外所吃的那種魚兒，被荷葉所裹帶來的天然香氣，讓他嘖嘖回味，於是就在吳家燒烤魚上提出了自己的想法，加上一些佐料和幾味中草藥的建議。日後形成了帶有諸葛亮特色的烤魚。

再後來的傳說更加豐富了諸葛亮烤魚的故事：躬耕南陽及在大任之位的諸葛亮每要備家宴招待賓朋時，就把他在少年時代的那種特殊做法、經過改進的烤魚當作一道名菜，讓好友共品烤魚美味。再後來，諸葛亮輔佐劉備打天下，將製作烤魚的名廚帶在身邊，負責軍中飲食；劉備成都稱帝後，諸葛亮又將其推薦至宮中，為御廚。這種烤魚不但諸葛亮百吃不厭，劉備、關羽、法正等人也很喜歡吃，成了皇家禦宴上一道不可缺少的美食。諸葛亮去世後，民間有人將這種絕技烤魚改名「諸葛烤魚」，以此紀念諸葛亮輝煌的一生和高尚的品格，此為其少年時代的另外之事。

現在是比賽射箭。贏得勝利者可有烤魚獎賞。

手中的弓箭雖然不是鐵製弓牛筋弦，但陽都城的少年都有自己的技藝，經常玩，玩得手熟，雖說不能百發百中，但對於射箭，水平都很高超。

第一個出場的小岳啟拉弓瞄準射擊，三箭嗖嗖發出，三隻箭皆中草人，諸葛亮為他的全部命中拍起了巴掌。

緊隨其後的孫茲，孫茲老成穩健，他射的三箭箭無虛發，同樣是最先佔據了草人上草最多的中間部位。

隨後你三箭，他三箭，箭箭都扎在了草人上。輪到諸葛亮了，他上前對準草人拉弓，把箭射出，也是連中三箭。

八九個小夥伴都站在一個地方，在同一個方向往草人的一面射，中間那鬆散的地方很快被箭插得沒有存箭的最佳箭窩了。諸葛亮和他前面的一幫小夥伴射完箭之後，接下來走上前比箭的小夥伴叫孫士。孫士的弓臘條桿粗，麻繩子綳得緊，箭是筆直的枝條，但他射時，結果出乎大多數夥伴們的意料之外，雖然他把弓拉得很有力，瞄得也準，那飛出的箭直奔草人，但由於草人上已經插了好多的箭，那一支飛出的箭讓已插在上面的箭桿稍微一擋，孫士所射出的箭就掉下去。

人人都想爭雄取勝，看看草人身上滿是箭桿，孫士三箭儘管只有一箭落空，但也印證了他與獎賞無緣，因此他用力把手中的弓往遠處一扔，很是懊惱地撲通一下子，平躺在了沙灘上。

孫士射箭之後，上來了李容。聰明的李容看看那已經插得滿滿的箭支的草人，他機靈一動，跑到了草人的另一面，就在大家還搞不清楚他想做什麼時，他快步量出了九步，大家見他這反常的動作都正在納悶，也就是在眾夥伴們納悶的光景，他也不等大家同意不同意，有新的位置上，照著草人連連把三箭射出。

李容的這三箭射得既準又快，草人那中間部分草繩紮得鬆散的地方，別說射得既準又疾，只要射準了，就能掛箭。他的這三箭怎有不中之理，箭箭射中草人。

連連的幾箭都掛住了。李容興起，搭箭拉弓，咻地一聲又補了一箭，箭桿咻咻地飛出去，直插進了草人上，李容得意在看了一眼眾人，諸葛亮贊許地為他拍起了巴掌。

眼看不分伯仲，先射箭連發連中的孫茲徧急，他和兩個夥伴沉不住氣了，就嚷嚷道這樣挪地方不行，站的比原劃好線的位置或有遠近，應該在同一面同一條線上射，這樣隨便改換地方不能算數。

還躺在沙灘上的孫士聽後一骨碌起來，一看這情形，他更是喊著要再挪地方重射。

李容的眼一斜愣，衝眾人爭辯說道，我站的地方比你們站的地方還遠，怎麼不算數！射過的不能再射。

大家你說你的理，我講我的道，大聲地爭吵著，但爭來爭去沒有結果，於是都把目光投向了諸葛亮。諸葛亮想了想後說，我們不能分這面那面，只要站得距離是在九步開外，不論從哪一面射草人，只要掛箭了，就得算數。

聽諸葛亮這樣一說，一直和他是好夥伴的孫茲堅持著自己的不同看法，他直著脖子嚷嚷著大聲說，那怎麼行，步大步小也不一樣。

諸葛亮說，那我們就用一根桿子當尺子量。

一聽用桿子量一下距離這一公平方法，孫士特別勤快，他急忙去折了一根柳條子，在眾目睽睽之下，他不用吩咐便手拿當作尺子的柳條子量起來，一桿、兩桿、三桿。量得距離相同了，之後諸葛亮對孫茲公平地說道，只要距離一樣遠近，不論在哪一面往草人上射箭，只要掛上箭，我們都應該認可。

這樣以來，大家都很高興，又一次重新射箭比賽，大家情緒激昂，從不同方向，把箭射向草人，草人上面插滿了箭支。

快意的比賽，讓大家無比樂活。射箭比賽盡興之後，夥伴們不顧深秋水涼，撲通撲通下到河裡抓小魚，把一條條鯽魚、大鰱子、沙裡趴抓上來後，去掉內臟，洗得乾乾淨淨，把早帶來的鹽撒上，又從河邊不遠的塘裡弄來已經帶有枯色的荷葉，把魚兒包起來，然後撿來乾樹枝，在河邊上有片石的地方，壘一個小灶，然後打火鐮，引軟草，點枯柴，諸葛亮精心地製作具有陽都特色的野外小吃——烤魚，大家早把誰第一誰第二的爭執忘掉，等待品嘗烤魚的美味，享受少年時光的快樂。

此次射箭比賽，李容很機靈地換個位置去射，為自己爭取了有利的一面，從此以後跟個學個，再比賽的時候，射箭比賽不論人多人少參加，大家比賽的視野更寬，小夥伴們都找最有利的一面射，這樣不分哪一面地一射，那草人上掛的箭可就滿身都是了。

少年時的一次次遊戲，那一個個滿身掛滿箭的草人，給了諸葛亮很大的啟發，當後來心胸狹窄、氣度很小的周瑜想用十天之內造十萬隻狼牙箭來難為諸葛亮之時，大智大勇的諸葛亮觀天象，三天之內必有大霧之後，憑著小時遊戲所帶來的啟發，以憑陰陽、如反掌、保定乾坤的淡定自若，來了個讓草人全身掛滿箭支的草船借箭，智慧，在他的人生中書寫下了，具有濃厚傳奇色彩的精彩一筆。

二十二　為和平赴會

春風吹散嚴寒。

冬天過去，又迎來一個春暖花開的季節。人們從城中走出來，孩子們走到沂河上，這裡是他們的天堂，憋悶了一冬的小夥伴們，走到清清的河水旁，走在燦爛的陽光下，走在綿綿的沙灘上，內心是多麼愜意。

對岸，安泰莊的少年兒郎們高興地從下游往上，來找陽都城的夥伴們玩耍。

自去年春後諸葛亮想出對付河陽一幫豎子的「聯盟」，讓倍受河陽之地那幫頑劣少年欺負羞辱的陽都城、安泰莊的兒郎們有了歡歌笑語，這方可以大膽地過河去，那方同樣放心地過河來，相互借助力量，讓河陽的那幫惡陋鬼，見了他們不再輕舉妄動。

春天是公平的，她同樣給了不論河陽還是河陰，不論安泰還是常樂，不論陽都城東還是陽都城西地所有的少年一份陽光明媚、欣欣向榮的美好。河陽岸邊的孩童也三三兩兩地到河沙灘上來玩了，但他們心存疑慮，遠遠地躲避著有聯盟意向的安泰、陽都兩地眾多的少年。即使陽都城和安泰莊的夥伴們走到河陽地盤上的沙灘來，他們也只能退避三舍。

冬天雖然限制樹木的生長，但冬天是讓人沉思的季節。

經過一冬詩書禮儀與人生價值的學習，一冬的不斷思索，一冬聽城中長者的教誨，一冬的感悟頓覺，現在，面對著河陽的一幫少年，又長大了一歲的諸葛亮在想一個問題，與安泰的少年聯合起來對付河陽地那幫豎子是行之有效的辦法，但這樣下去，陽都城與安泰莊的少年兒郎們與對岸河陽地那幫傢伙們就可能永遠地結下「樑子」，天長日久，「樑子」會越結越深。

天地向前運轉，人在不斷地長大，少年會變成青年，青年走向壯年，諸葛亮猛然覺得自己說話的聲音有些變異，他變聲了。他知道變聲是青春的萌動，是邁向真正的一條壯漢、成為壯士的開始。青年人就應該去掉骨子裡的仇視觀念，在心內多貯春風，多貯陽光。如果心記憶體有陰暗，人那本是善良的心理就會被扭曲，就會殃及到成人後的行為處事。同在一片藍天下，不能積怨太深，人人有個高興的心情才是。

看看眼前一河春水，一片潔淨的沙灘，諸葛亮想，現在的少年時代是快樂的，潔淨的沙灘是大家的，是所有河岸邊人，所有河岸邊動植物的共同財富，誰都有權利享用。冤家易解不易結，和為貴，讓一步陽光更明媚。

他想和河陽的那幫少年實現友好，和平相處。

諸葛亮和李容、孫茲熱情地迎接過河而來的朋友，老友喜相逢，自然是一番親熱。親熱過後，諸葛亮就把自己想與河陽的那幫少年實現友好，和平相處的想法，同安泰莊和陽都城的同伴們說了。

大家團坐在偌大的沙灘上，頭頂是藍天白雲，身旁是一河向南流淌的碧水。諸葛亮把想法同大夥一說，孫茲首先反對，他說，河陽的那幫豎子是白眼狼，白眼狼翻臉不認人，如果和他們和好，說不定什麼時候我們會再吃他們的虧，誰的胳膊粗誰是大哥，如果我們的胳膊細了，他們會擰住我們的胳膊，押到對岸的地場，當他們的俘虜的受屈與羞辱，會讓我們的顏面盡失。

安泰莊的馮資接著孫茲的話茬，把兩隻小眼一瞪說，前些天我跟叔叔到河陽我姑家，在巷內遇到四人，其中兩個豎子見了我後，把拳頭攥得緊緊的，咬著牙發狠地低吼著要揍死我，幸虧我叔叔就在不遠處，再是我姑夫在他們的莊子威信並存，他們才沒敢動手。如果我們兩幫人散了夥，我擔心今後會被他們拿單頭，他們會像先前一樣不時地欺負污辱我們。

諸葛亮看看歲數稍大一點的李容，李容的心胸也開始向有思想青年的天寬地闊邁進，這一個冬天他聽父輩的教導，聽一個個古代聖賢做人處事的故事，更多了幾分寬容和忍讓，多了為人處事的善意。於是他說，我爺爺聽說我們兩幫聯合，不再受河陽劣徒欺負的事後，說這樣做是對的，又聽說我們不斷地追打曾經欺負我們的一幫惡少，把我批訓了好一頓，說年少相交，沒有什麼深仇大恨，不必以怨報怨，以冤報冤，最終冤冤相報。冤家易解不易結，小孩子萬不可胸狹氣小，不要學小人之態樹敵結怨，壯士要有開寬的心胸，不怕事，不能被他人欺辱是對的，但也不要常懷有欺壓他人之意。

孫茲聽不慣李容說的這些，他抓起一把沙猛地往背後一撒，大聲說道，河陽眾豎子欺負我們在先，我們欺負他們也是用虎牙還他們的狼牙，冤冤就得相報，一報還一報，春天又來了，可以過河了，我感覺不時地逮住他們其中的一兩個人，讓他們當當我們的俘虜，狠狠地揍他們兩下，抹他們的頭頂褲，讓他們嘗嘗羞辱，嘗嘗做俘虜的滋味，也好殺殺他們的威風，長長我們的志氣，既怪有玩頭，又人心大快。

岳啟聽了附和道，也是，該稱雄時就得稱雄方是壯士豪傑，充分體現「鷹在藍天、虎在山岡」，做梟雄就不能有婦人之心，斷不可心慈手軟。

諸位少年在各自說著自己對與河陽一幫頑劣之徒和好的看法，雖有不同聲音，但諸葛亮能理解他們的心情。他抬頭看看藍天，藍天是那麼博大深邃，看看身旁的河水，河水是那樣的從容不迫，這讓他的意志堅定，主意更決。他聽了眾人之辭後說道：「我說的同他們和好，是有底線與原則的，前提就是他們不能有欺負我們的意圖，如果我們兩方中的不管哪一個夥伴被他們欺負了，我們都會毫不相讓，這是和解的度。在不逾越這個度的範圍內，我想的是，在這花朵開放的時節裡，有一個在一起玩耍的歡樂的境況，大家和諧相處，結束這種他們見了我們既仇視又躲，我們人少了在這沙灘上，這河水裡玩耍時會心裡空虛，整天以河為界，橫眉怒目，仇恨有加的敵對狀態。」

「那和好，怎麼和，誰能去和他們說？說了，他們能聽嗎？」孫茲提出了和解的現實問題。他說：「我們總不能隔河喊吧，隔河喊，心生疑竇的他們也不會輕易相信我們啊。」

諸葛亮見孫茲的內心也並非死硬著不和，是心存疑慮，就繼續開導說：「我可以過河與他們說明想法，只要我們以誠相待，他們會理解我們的用心的。」

岳啟聽諸葛亮說要親自過河，擔心地搶過話說：「你送給陳正的那個死螃蟹，他們恨透了你，你如果過去，那不正上了他們的當，他們要是把你扣下，讓你稱奴稱臣，把去年一年的怨氣恨仇朝你身上發，不但暴打你一頓，用條子抽，用腳踢，還會想法子羞辱於你，那時，你如何是好？」

不用諸葛亮說話，李容便道：「我爺爺說，君子為是非之爭，小人為利益之爭，一時勝負在於力，千年勝負在於理，要我們效仿君子，不要當為利而爭的小人。去年一年中，河陽那幫豎子也應該清楚地知道自己為什麼受欺負，也感覺到受欺負的滋味不好受，他們的父輩對他們也會教誨，要禮義仁和。對於議和，他們求之不得，過河，不會有暴打羞辱之事，沒有什麼可擔心的，要去，我同諸葛亮一起去。」

一陣紛紛表明自己的想法後，最後大家想想諸葛亮說的極是。進入新的一年的春天了，祥和的氛圍縈繞大地，圍繞「和」來考慮是告別頑劣的標誌，和是最為上策的道理，都是十幾歲的少年兒郎了，這樣天天你追我打，你防我，我躲你也不是個常法。俗話說得多好啊，和為貴。

是得和好，和為貴。

諸葛亮和李容說到做到，河灘春風拂柳，河面波光粼粼，當天中午，他們見對岸有少年在河岸走動。便以陽都少年的勇敢和智慧，兩個夥伴恰似負有神聖使命、毅然出使他邦的特使，大度而有氣節地一起淌水過河，來到了河對岸。

一見對岸有人過河來，河陽的十幾個少年高度警惕著，他們遠遠看見，過河的只有兩個人，又細看上游下游，均不見異常舉動，於是也就放下心來，沒有逃跑，而是小心翼翼地包抄上來。

諸葛亮與李容過河後，從容不迫，不慌不忙，徑直朝河陽少年而來。河陽的十幾名少年個個緊張，人人手拿樹條，木棍，個個握拳瞪眼，突然其中一人大喊一聲，眾人迅速圍攏上來，人多勢從對付兩個，他們要解心頭之氣。

十幾個河陽少年把諸葛亮與李容圍在中間，剎時空氣凝重了，李容的臉色大變，兩腿哆嗦。再看諸葛亮的氣度，則是雙刃架於前而眼不眨，泰山崩於後而不動的壯士氣概。面對一幫惡相畢露的河陽少年，諸葛亮既真誠又不卑不亢地同他們把「和」的想法一說。此時的陳正也大了一歲，懂得了更多的做人的禮義，不再做那些想想讓人感覺厭惡的醜事。他看看諸葛亮的凜然正氣，內心深深所敬服。其他小夥伴也想想去年以來的種種情況，原來欺負得陽都城、安泰莊的那些年少孩童們亂跑，後來人家聯合成為一體，追得我們想在這自然的沙灘上自在地玩耍卻不得寧日，亂跑胡竄，這種相互追打的場面是多麼地殘暴，與禮義背道而馳，應該早結束了，他們很贊成諸葛亮的想法，心服了諸葛亮。於是敵對的兩岸少年，同在一片藍天下，在清清的沂水旁，化干戈為玉帛，從那人們聽到的不再是廝殺的聲音，而是民歌悠揚的曲調，那些歡快的民間小唱、童謠隨沂河水上下飄蕩。

直到諸葛亮離開陽都，這三群少年郎再也沒有發生「戰爭」。

二十三 王八打鼓

農曆三月三，泉水虹丘龍王廟廟會。

泉水虹丘，一個與神龍禿尾巴老李諸多傳說緊密相連的村落。它是禿尾巴老李岳父家的所在地。

流傳於漢代初年的禿尾巴老李的故事，諸葛亮從小就聽說了。說的是陽都城西北部的山窪裡，有一戶李姓人家，女主懷胎一年，分娩時生下一條小黑蛇。男主從田間鋤地歸來，見狀，以為妖，羞怒欲殺之。小黑蛇見父親動怒，躥上樑，農夫舉起鋤頭就砸，小黑蛇奪門而逃。剛要逃出屋門之時，男主用鋤把門一關，正好擠斷了小黑蛇的尾巴。

小黑蛇逃到了家在橫河的姥姥家，姥娘善心，將其收養哺育，小黑蛇日漸長大。這條小黑蛇其實是一條龍，長大後娶妻泉水虹丘的郭氏女，夫妻恩愛，心存正義，懲惡除霸，保護民眾，百姓群口讚之，在一個大旱之年為救田禾，違天庭之命為當地人行雨，深受百姓愛戴。但也正因違天庭之命，小黑龍到了遙遠的北方。泉水虹丘的百姓為了紀念他，就修建了龍王廟。

離開家鄉的小黑龍時刻想思故鄉。父雖不慈，子仍念鄉情，年久思鄉的它便於每年三月三家鄉草木發芽需要雨水的春旱時節，不遠萬里從遙遠的北方回鄉行雲布雨，一解鄉民之厄。這時的黑龍多是暫住泉水虹丘的石泉，盤桓五六日方去。始時，鄉民有睹雲中黑龍者，聯想到早已相傳的婦生妖孽之說，知其為李家龍子。因其造福鄉里，鄉民感其恩德，尊稱之為禿尾巴老李，每於蒙山起霧時，鄉民知禿尾巴老李已來，便結伴到泉水虹丘龍王廟祭拜。

泉水虹丘之泉，泉內別有洞天，世人不知其深，泉內之水，無論旱澇，經年不溢不涸，都云其連通東海。

泉水虹丘在陽都城的東北方向，因有甘洌泉水，又因黑龍護佑民眾，龍王廟會這天，幾十里、上百里地的人們都往此處趕。陽都城裡民眾也不例外，在這三月三日，結夥成隊地早早去逛廟會。

廟會是一個盛大的節日。廟會上，開湯鍋的、賣排隊子燒餅的、出茶攤的、炸香油果子的，吃的喝的應有盡有。打鐵的、賣木器的，修犁的造耙的、藝人雜耍玩把戲的、賣針頭線腦的、賣泥公雞泥哨子的、賣花兒棒槌木老鼠的，賣木頭大刀木頭槍的一攤連一攤，一家挨一家。善男信女進香的，大人領著孩子來逛廟會的，更有那相親相愛的男女，他們穿著豔麗，拋一下眉眼，讓廟會多了一個故事。

廟會三天，熱鬧非凡。

第一天廟會結束，諸葛亮與李容結伴同行在往家走的路上。路上，男女老幼，人流如潮退，成人手中提把菜的，扯塊布的，手拿花線的，少年挎著木刀的，抗著紅纓子槍頭子的，人人臉上帶著喜悅的神色。

諸葛亮他們迅速往前趕著路。前方，一個孩童嚶嚶的哭聲傳來，諸葛亮和李容緊走幾步，見是陽都城自己家不遠的鄰居孫娘。孫娘左手挎著一個包袱，包袱裡包了在廟會上購買的針頭線腦，右手正氣憤地用力拽著一個孩童的胳膊往前拖著走。那孩童呢？卻纏著母親哭個沒完沒了，諸葛亮看那孩童嚶嚶地哭，就走上前問問情況。

孫娘就沒有好腔地把孩童哭的原因告訴了諸葛亮。

原來，孩童在廟會上看到那花花綠綠的木頭大刀，帶紅纓子的木頭槍囊子長矛，竹子蛇，小竹笛，讓娘親給買了幾樣後，走過這攤到那攤，攤攤都有好玩的東西，件件好玩的東西把孩童看得眼花繚亂。看到那麼多好玩的，他就纏著母親要這買那。娘親感覺已經給買了好幾件了，平時的日子過得緊巴，逛廟會只是為了來開開心，看看熱鬧，沒有多餘的錢給孩童多買玩具。玩具有一件兩件即可，多了既不頂飯吃又不當水喝。母親就對他說，咱回家，我給你用泥整個嗚嗚叫的大公雞，還整一隻會上燈檯偷油喝的小老鼠。小孩子呢，在一個賣帶紅纓子的木頭槍囊子長矛堅持要買，就是不走，不然就再給他買上一份他看中了的那一種花花綠綠的木頭玩具。孫娘想，不能給小孩子養成見什麼要什麼的壞習慣。豎子哭鬧再凶，心意已決的她最終也沒有給孩子買。

娘親不給孩子買他所要的玩具，孩童纏著娘親要，娘親哄著他，說已經買了這好幾件了，孩童卻感覺已經買到手的沒有新鮮感，繼續要娘買新的，從在廟會上到現在走在回家的路上，已經哭了大半個時辰。特別是這往回走的路上，孩童一直哭鬧個不停。孫娘氣得用手使勁攥著兒子的胳膊，緊攥一下，孩童就疼得啊啊地叫，攥輕了他便不拖不走，氣得母親咬著牙道：「回家，我就叫你脫生！」

但這是母親的氣話，真得讓孩童「脫生」也是回家以後的事，此時，她無計可施。

諸葛亮得知孩子哭的原因後，他就在心裡想，「玩具不就是些木板木塊做的嗎？回到家後，我可不可以給他做個玩具呢？他滿有信心地回答自己，可以。」想到這他就對孫娘說道：「大嬸，我領弟弟走。接著他把自己買的一支小竹笛和一條小竹子蛇給了那孩童，伸手把孩子接過來，並對他說，我家裡還有好幾個你肯定會喜歡的玩具，回家後，我送給你一個好玩具。」

聽了諸葛亮的一番話，外帶年齡差距頗微的緣由，少年與孩童的心路距離短，那個小淘氣包還真的不哭了，不一會臉上就露出了兒童特有的純真的笑容。

一群一群的人從諸葛亮和他手牽的孩童身邊走過，大家高興地說著廟會上的所見所聞，繼續往回趕。而諸葛亮呢，言而要有信，大丈夫一言九鼎，此時就在琢磨起應該做個什麼玩具給這個小淘氣包。給他捏一隻小羊羔或讓張玨給他整個小水罐？但這個孩子想要木頭做成的花花綠綠的玩具。那就不想泥巴的事，從木頭、木片上想做件有新意的玩具。

一路行走，孩童有諸葛亮的哄教，孫娘終於安寧地回家了，看到自己的孩子早已不哭，孫娘一再感謝諸葛亮。

大家各自回家後，承諾著要給那哭鬧的孩童做玩具的諸葛亮，心思沒有閒著，他動起腦筋來，細想自己應該給鄰居家的那個孩童做個什麼玩具。

第二天吃過早飯，諸葛亮就去找來木板、木塊，拿來斧子，刀。管家張誠問他找了做什麼，諸葛亮就把趕廟會回來的一路，見到鄰居孫娘家的孩子哭鬧，自己答應給做個木頭玩具的事說了。張誠聽了笑著說：「小孩子，過去就忘了，還給他費那個閒事做什麼，不要費那個閒事。」

一聽張誠說不要費那個閒事，諸葛亮很認真地否定他的話，他說道：「那可不行啊，答應的事，就一定要給人家做。我已口頭與其有約，誠與信是為人之根本，不做就是失約，失約就是失去誠信，失去誠信的人，乃小人之為，並非大丈夫行事。如是失約，不如當初不說，沒有誠信之人，斷不會被世人器重。」

張誠笑曰：「亮所之言，君子之語也。」

張誠忙他的事情去了。諸葛亮面對找來的木塊木板，找來的刀和斧子，一遍又一遍地在想，「做個什麼樣的玩具呢？」諸葛亮就蹲在斧子、刀，木塊跟前皺著眉頭苦索，他想啊想，想了小半天，也沒想出個好的模型來。

於是他起身在院子裡走來走去。

走著走著，他走進了後花園的月牙門。

諸葛亮在後花園裡轉了一圈，然後又走到養魚池邊上，此時日頭的光線正烈，天氣很暖，諸葛亮見養魚池邊上有兩隻鱉正在那曬蓋。他就撿起一根小樹枝子朝鱉伸去。

見有樹枝伸來，正在享受溫暖陽光的鱉竟然沒動。於是，諸葛亮用小長樹枝在鱉蓋上敲了一下。一敲，梆的一聲響，突如其來的威脅和危險，警覺的鱉立時驚恐，它一下子鑽到了水裡。

鱉下了水，諸葛亮卻把那小長條子敲在石頭上。這一敲，石頭發出清脆的聲響。再敲，又是梆梆的聲音，諸葛亮靈感閃動，他迅速捕捉到這一靈感，感覺這敲著石頭，敲著鱉蓋，敲出了藝術的鼓點，在很有趣、很好玩中有了新的發現。他想，「何不給那個小孩童做個敲鱉蓋有鼓點聲音的玩具呢？」諸葛亮想到這裡，就急忙跑回前院，他便仿照鱉蓋的樣子，拿起木板，用刀和斧子等工具，認真地做起他的有鼓點神韻的「敲鱉蓋」的玩具來。

諸葛亮先做了一個小圓鼓，圓鼓底下兩邊又各做了一個小輪子，他把兩個小輪子用一根橫軸連著，橫軸上鑲上一根可用手推的長棍，之後又在小鼓上面安上了一根小短棍，用細繩把那一根小木棍摽好。一大晌午的工夫，諸葛亮就把他敲鱉蓋所帶來的靈感所賜想像的玩具做好了，他放在地上，手持長桿往前推一推，感覺到不合適的地方又再加以改進，最終成功地把手中的長桿往前一推，貼地的輪子就帶動著機關，力傳到兩根細繩把那一根小木棍固定好的小鼓槌上，小鼓槌打得鼓面梆梆作響。

一件具有獨創新意的玩具做好了。

做好了一件玩具，諸葛亮自己感到內心有著說不出的快樂，它不單單是給那個淘氣的孩童做成了一件玩具，重要的是自己用想像做出了一件新的物件。人的思維是發達的，對於任何事情，首先要去想，只要去想，去貼近實際地想，認真地動手做，才會成功。接著諸葛亮又做了一個同樣的玩具，這一件比第一個更為精緻，設計也更為合理。

兩件玩具做好之後，諸葛亮想起那孩童要的是「花花綠綠」，於是找來紅綠黃等顏色，根據那孩童的要求，把推動的棍染成一段紅一段黃，紅黃綠相間，把鼓面染成綠色，再在綠色上點上黃點，黑點，點上紅色，並留出白色，形成「花花綠綠」好看的顏色。

一點上顏色，整件玩具更有了精神。

一切都做得妥當後，諸葛亮拿著自己新做的玩具出了門，他要給他答應的鄰居孫娘家的那個淘氣的孩童送去。

往諸葛府西面不遠，就是在泉水虹丘廟會上回來時這、一路哭鬧著要玩具的孩童的家。諸葛亮一進門，就見那個訛人無度、哭鬧不止地要玩具的孩童正在頑皮地往棗樹上爬。他早把要「花花綠綠」木頭玩具的事給忘在了腦後頭。

一見諸葛亮手裡拿著件漂亮的玩具來了，孩童驚喜地滋溜溜從樹上滑下來，他意想不到諸葛亮給他做了這麼件好的玩具，高興得幾步跑上前去伸手就要。

諸葛亮並沒有馬上給他，而是先把玩具放在地上推一推，一推，小鼓槌打得小鼓梆梆響。

諸葛亮笑著問孩童：「還會大哭大鬧地糾纏娘親嗎？」

孩童答應說：「不了。」

諸葛亮又說：「不纏鬧娘親才是好兒郎，從小要心存孝道，日後才會成為孝子。」

說到做到的諸葛亮，用一件新穎別緻的玩具，兌現了他從泉水虹丘回陽都城路上的諾言。

孫娘見諸葛亮給自己的孩子做了這麼好的一件玩具，喜笑顏開。

諸葛亮把玩具給了那個曾經淘氣的孩童後，孩童在地上推了推，高興地抬眼詢問母親這叫什麼。

孫娘也不知道叫什麼，她看看諸葛亮，問這叫什麼。

諸葛亮想了想，想到在自家後花園，在那養魚池邊上用枝條敲打鱉蓋，鱉蓋發出梆的一聲清脆聲響時，那圓圓的鱉蓋，多像鼓啊。鱉又叫王八，聯想到鼓槌擊鼓的情形，於是就說，叫它「王八打鼓」吧。

一聽這玩具的名字叫王八打鼓，惹得孫娘呲地一笑。看到孩兒玩著這新玩具的天真快樂，她心情大悅，如同蜜在嘴在心一般甘甜。她連連說道：「好一個王八打鼓！王八是千年精靈，它打鼓，聲段會透徹千年。」

再看那孩童，看著諸葛亮為他送來的王八打鼓，惹得更是不知怎麼才好。他兩手捧著心愛的物品在院子裡跑一陣，又推著跑一陣，然後跑到巷子裡，在巷子裡找別的小夥伴炫耀。小夥伴們見了這新意獨特的玩具都很眼饞，聽說是諸葛亮給做的，後來就到諸葛府上，讓諸葛亮給做個帶有孩童意趣的王八打鼓。

一位販賣窯貨的陳姓生意人，看到「王八打鼓」風靡陽都城，從中發現了商機。他看王八打鼓既好玩又有利潤可圖，就學著做出一批批成品到集市上賣。之後，這一王八打鼓成為千年不衰的民俗物件，一千八百多年過去，左泉三月三逢廟會之時，王八打鼓依然上市，買個王八打鼓在地上一推，便推出諸葛智慧，推出他的獨具匠心。

受王八打鼓的啟發，諸葛亮在他最後的戰爭——六出祁山時期，為了後勤補給、物資供應及時，發明了「木牛流馬」。

二十四 忠誠的張誠

大雁在天空啊啊地叫著，它們從北方飛來，朝南方飛去。

翠竹在風中搖曳，池中的殘荷沒有青模樣，廳堂前那兩邊的生長芍藥的地方仍在，只是已經沒有了芍藥花，剩下的是已經板結的一抔黃土。

白果樹與楸樹、大榆樹靜立著，它們沉默不語。

張誠對天長歎，世間瞬息萬變，滄海桑田，才幾年的光景，諸葛府上已經不再人進人出的那番熱鬧景象，世道發生的如此大變化讓人意想不到。

女主人走了，男主人走了，好一派繁華的諸葛府衰落了。

管家張誠忠心耿耿，諸葛亮的父親諸葛珪去世之後，講究忠孝節義的年代，忠無二心的他不願離去，照樣不分晝夜地操持諸葛府上的整個家務，用心盡力，可謂鞠躬盡瘁。

雖說諸葛珪去世表現出諸葛家族的沒落，但一個大的家庭，瘦牛不瘦角，對外照樣的往來，人情事事，府上府下的日常生活，都得有人照應料理。更重要的是，必須照顧好諸葛亮他們兄弟姐妹幾個的生活。這些，都落在了張誠的肩上。

諸葛珪去世百日，要上百日墳，張誠一大早就去集市上買貢品，墳前，面對一抔黃土下的主人，張誠淚水縱橫。

陽都城南，居住著張誠年邁的母親。張母身體一直不好，雖說家中有賢慧的婦人黃氏照顧老人起居，孝順的他有空就去陪陪母親。冬天來了，大雪飄下來，雪朵紛紛揚揚，老母親的哮喘病犯了，一直咳個不止，再加上傷風受寒，老母親本來虛弱的身體更是經受不住這風燭殘年間的多重病害侵襲，晚上，張誠來到母親榻前，陪在母親身邊。

這一天，天陰得很厚，風刮得也緊，傍晚，雪落下來，雪像小鹽粒子似地砸在樹上牆上簌簌作響，下得很有勁，呼呼的北風殺骨頭地涼，夾著雪粒子暴撲向地面。張誠在操持了一天諸葛府上的紛雜事情之後，要回自己的家去陪母親。

臨行，但見諸葛均小臉紅紅的，又不停地咳嗽，張誠伸手摸摸他的手心，又摸摸他的額頭，額頭和手心都有些燙人，他便去為諸葛均抓了一副藥，熬煎好了草藥讓其喝下肚後，又服侍著讓諸葛均睡下，牽掛著老母親的他就輕步走出諸葛府，頂風冒雪回家去陪母親。

回到老娘親身邊的張誠怎麼也睡不著。深更半夜，三九寒天，冷氣硬從門縫往屋裡鑽，張誠看看身上蓋得單薄的老母，便起身到火盆前，往火盆裡放了一些豆秸，把火引著，紅紅的火苗一動一動，屋內頓時暖和了許多。

張誠回到榻上睡下，剛打麻兒眼，朦朦朧朧中他看到主人諸葛珪站在門廳前的左邊那大墩子芍藥花處，正微笑著望著他，他一個驚悸突然醒來。他想，這冥冥中主人也放心不下諸葛均啊，也在掛念著他的孩子的病情。

張誠坐了起來。

老母親醒了，她看看披衣坐著的兒子，就問諸葛府上是不是有什麼讓你不放心的事情。

張誠就把諸葛均晚間身體發燒有病的事說了。

老母親說：「諸葛家中現如今小的小，少的少，正是用人的時候，我這會兒咳嗽也輕了，沒什麼事，你放心不下府上的事是對的，就放心地去關照小主人吧。」

張誠聽了母親的話，便穿好衣裳，下榻，他看看火盆，為了讓老母溫暖，就又往火盆中加了一把豆秸，等火著好，屋子內有了融融的一股暖意時，才輕輕出門。

從傍晚雪落，一直在下，雪野茫茫，街上沒有一個行人，天冷得把狗凍得都不再咬，張誠踏著厚厚的積雪，走在了回諸葛府上的路上。

路上的積雪已經足有半尺厚，一踩上去便發出喀吱喀吱的聲響，雞叫又起，一雞高歌，百雞齊和，四周傳來高亢嘹亮的雞鳴。此時北風刮得還是很緊，風直往張誠那單薄的衣服裡鑽，凍得他骨頭像被針刺般難受。但他快步來到府上，喊過看門人，看門人一聽是張誠，忙把門打開，問他深更半夜怎麼回來了。張誠也不答話，進得大門後就直奔諸葛均所住的屋子。

來到諸葛均的房前，只見房內透出燈火，張誠敲門進屋。屋內，諸葛亮和他的哥哥、姐姐、繼母丁氏正站在諸葛均的榻前手足無措。此時的諸葛均渾身發大熱，嘴裡卻一個勁地喊冷，加蓋了三床蓋地（棉被）也無濟於事，一直在喊冷。

張誠近前一看，諸葛亮的繼母丁氏把諸葛均發熱的情形說了一遍，張誠看看凍得縮成一團的諸葛均，二話沒說，趕忙出門去請孫先生。

先生孫昌的家在城東南，張誠急急地走在雞不叫、狗不咬厚厚積雪的街上，他到來孫昌門前，敲門喊人。孫昌聽說諸葛府上有人身上發燙，先生以治病救命為本，急忙起身穿衣跟隨了張誠而去。一會工夫他們便來到諸葛均面前，孫先生察看了病情，開了藥方遞給張誠，張誠便去抓藥熬煎。

抓藥熬藥，等給諸葛均餵上藥，雞叫已經三遍了。

冬天的長夜裡，張誠默默地守在諸葛均身邊。

天明了，一個難熬的長夜過去了，在諸葛府上，盡職盡責的張誠有多少個長夜是這樣度過的啊，看到張誠樸實的身影，諸葛亮和諸葛瑾、諸葛均兄弟的心裡熱乎乎的。

為了生計，諸葛亮要隨叔叔離開陽都城了，諸葛瑾要隨繼母丁氏去江東了，張誠戀戀不捨，他把他們送了一程又一程，等要分別的時候，都說男兒有淚不輕彈，然好男兒張誠掉淚了，淚珠子撲撲簌簌掉在諸葛亮他們兄弟幾人的手上。他一手緊緊地拉著諸葛亮的手，另隻手緊緊地拉著諸葛瑾的手，難過地說，這一去，不知何年何月再能相見。

真誠奉獻的張誠，用一顆真心認真做事，那兢兢業業、不辭勞苦、忠誠善良的形象印在了諸葛亮的心中，成為少年諸葛亮人生的榜樣，也為他後來在劉備白帝城托孤之後，每事必躬，鞠躬盡瘁，死而後已，成為千古忠誠的楷模打下了基礎。

二十五　張奶奶的陪葬品

諸葛亮其母章氏、其父諸葛珪亡故之後，家境日薄西山，逐漸破落，在府上多年來一直裁縫衣服的張奶奶眼睛也花了，耳朵也有些背，不得不離開了諸葛府，搬到了城南自己的家中居住。

奶奶張氏只有一個人過日子。同命相連，她很同情諸葛亮他們弟兄姊妹幾個沒爹沒娘的孩子，儘管年齡很大，但她經常到府上同幾個孩子說說話，話家常。重情重義的諸葛亮也很喜歡和張奶奶聯繫，一有空他就和弟弟諸葛均到張氏家中，提起瓦罐拿起巴棍去井上為老人抬水，幫助奶奶幹一些力所能及的活落。

一生的磨難，一生的經歷，老人張氏肚子裡有很多很多呱兒，在諸葛府上時，冬天，諸葛亮他們經常在奶奶的屋裡圍著火罐子，夏天在樹底下陰涼處、晚上在天井院子裡邊望著閃閃的星星、邊聽奶奶講那有趣的故事。張奶奶也樂意把她所聽來的故事一個個講給諸葛亮等孩童們聽。

老少隔代親，諸葛亮和張奶奶他們之間彼此結下了深厚的友誼。張氏老人在小諸葛亮弟兄幾個的心目中慈眉善目的形象佔有了重要位置。儘管張氏是下人，他們對奶奶不但沒有絲毫的不恭行為，而且很孝敬。那時的人身上蝨子不絕，張奶奶經常讓這種靠吸人血生存的小害蟲咬得身上癢得難受。男子小壯士給老婦人撓癢又不方便，老人自己又撓不到背部，諸葛亮看看自己的一雙手，機靈一動，就找來木棍用刀削著，把一頭削出了一隻小小的手，送給了老人一柄小抓杖，有了小抓杖之後，張氏老人脊背搔癢之時，就可以自己撓撓，不再受痛癢之苦了。

寒來暑往，兩年光景，回到家中的張氏老人一病不起，不久便辭別人世。諸葛亮和諸葛瑾為失去了一位可親可敬、辛勞一生的親人痛感悲傷。時值東漢末年，盛行厚葬，厚葬之風且愈演愈烈。人們相信有另一個世界，想通過厚葬，期盼在那另一個世界遠離苦難，榮華富貴。既使是在陰槽地府也要有地位，有顯赫的高官厚祿，對於社會下人，也盼想有著吃不窮喝不窮、吃喝不愁的生活。

可厚葬對於一個晚年貧寒清苦的孤寡老人來說，簡直是可想而不可及。

諸葛亮知道張奶奶這輩子生活得不易，得給奶奶陪葬些東西，讓奶奶在另一個世界裡不論到哪，如果能享受榮華富貴那就更好了。民以食為天，溫飽是人生存最為基本的事情，起碼讓奶奶過上能吃飽飯的生活。諸葛亮不用左思右想，一下子就想到了糧食，他由糧食想到了糧倉，由糧倉想到了在城南的黑陶生產作坊用陶生產的那些盛糧的大缸，由一個個盛糧的大缸想到了製陶的張玨，他想讓張玨給張奶奶製作幾口盛糧食的大缸。

但諸葛亮又一想，「缸盛得太少，不能讓張奶奶再為吃飯發愁，應該為她製作一個大糧倉。有了大的糧倉，糧倉中有堆積如小山的糧食，奶奶在她的那個世界裡不就有的是糧食吃，能過上不愁沒有飯吃的生活了嗎？」

他找到了張玨，讓張玨幫忙給製作一個大糧倉。

張玨說：「盛糧食的大缸我製作了好多，但糧倉怎麼做法，我還從沒做過，我給整幾個罐子和缸吧，用罐子和缸盛糧食，那樣不是也很好嗎？」

諸葛亮說：「罐子和缸都太小，家有一個大糧倉的生活是奶奶一生想都不敢想的事情，但我們要讓她老人家在另一個世界裡，有著自己意想不到的財富。奶奶所講的故事中，有好多是與吃飯有關的，有個糧倉，保證時時有飯吃也是她最大的願望。除做幾件陶壺陶罐陶灶之外，你可以整一座幾層樓堂，樓堂上，在留有奶奶居住地方的同時，要有糧倉，並且還要有養雞狗豚和小羊的地方，樓堂的最底層可只留幾個窗戶，整幾隻小雞小狗放在裡面，旁邊可為糧倉，葬奶奶時，我們從窗戶中放入些糧食，上面讓奶奶住，那樣，奶奶會有更大的福氣。

張玨說：「我整整試試看。」

張玨開始為張奶奶製作帶糧倉的樓堂。

諸葛亮蹲在一旁，說著他心中想像出的糧倉樣子，不時提醒著，指點著，讓張玨按照他的想法去做。聰明的張玨很快就把下面是糧倉，中間住人、上面還有一層放置傢俱的三層樓宇製作好了。下面的糧倉，能儲存好多好多的糧食。之後張玨又在樓堂的頂部和周邊用花紋進行了修飾。

這一座讓在天之靈的張奶奶意想不到的三層樓堂，晾了兩天就乾了，接著便是隨著其他窯貨坯子一同下進了窯裡，一天一夜的大火燒出來，一件顯示寶貴、到另一個世界裡能有吃有喝、有住的樓房，且帶著一個大糧倉就送到了張奶奶的靈前。

把一個陶製三層樓宇送給一位下人，這在事死如生、等級制度森嚴之歲月是一個大膽的舉動，有威望家境顯赫的達官貴人方可享用樓宇，清苦的張奶奶即使在地下，也是不許擁有這樣的財富的，但諸葛亮拋開規矩，把一份憐憫之心用他的勇敢送給老人，安慰亡靈。同時把陶壺、陶灶、陶罐等日常用品隨葬於奶奶身邊。

為了不讓老人寂寞，諸葛亮還專門讓張玨為她老人家整了一條看家的小狗，和一對小雞。

管家張誠是張奶奶的本家侄子，他負責料理張氏的後事。

除了給張奶奶製作了一座帶有糧倉的樓堂外，諸葛亮用他豐富的想像，為了讓奶奶在那個世界有錢花，他又在家中找來了一些柳木片，把叔叔給他的那支毛筆拿出來，在那一塊塊的柳木片上面，工整地用毛筆畫上錢，他照著幣樣，既有刀幣，又有五銖，用毛筆一個個畫好，這些錢同樣可使奶奶富貴，他把對張奶奶無限的思念和最美好的祝福，用這種特殊的方式表達了出來。

張奶奶入殮的時候，諸葛亮讓張誠把畫好的錢放進張氏的棺材裡，然後跟到城外，打礦人早已把埋葬張奶奶的礦打好，在往礦中放入棺材之前，打礦的孫老丈按照陽都風俗在棺頭之位掏出一個壁龕，張誠把那個帶有大糧倉的樓房放在了壁龕上。之後便是告別儀式，按照儀式做封土前的永久訣別，並把沒有放進棺內的「錢」，最後放在一抔新土堆起的墳前燒了。

木片上的錢隨著一縷青煙升起，青煙隨風飄蕩，升入天堂，隨張氏的靈魂而去，送葬的人們看到了張氏貧窮中的「富貴」，都說諸葛亮用一顆孝敬老人之心，盡心出力，老人在陰間的日子，一定過得很好。

然後，諸葛亮跪下，給為他講了那麼多故事，讓他的童年得到心靈快樂的老人張氏叩上一個響頭，祝奶奶在她新到的那個城邑裡享福。

在視死如生的歲月，這種採用陶土製作的樓堂、製作的糧倉，製作的雞棚狗窩，讓人們也確實相信，在另一個世界裡，張氏老人一定會全都得到，並且一定會富貴快樂。那木片上的「錢」燒後落向遠方，那是給去世的人送去的一筆可觀的財富。這種做法日後漸漸地影響了大家，人們見可用陶來表達對陰間富貴的追求，用木片製作特殊的「錢」來保證離世的親人在陰間有錢可用，同樣能使另一個世界裡的人富貴，同時也是活人對逝者最好的祈禱祝福與懷念，於是紛紛效仿，陽都地盤的厚葬之風在諸葛亮用陶器、用木片之「錢」表達陰間人富貴的影響之下，漸漸地走出了一條隨葬的新路來。

二十六　行訪蕡泉

蕡泉，臥蒙山東麓。從當年父親與大儒諸葛之的言談中，諸葛亮就知道了蕡泉，那是一眼歷史名泉。

蕡泉在蒙河上游，《春秋》、《左傳》作「蚡泉」，《公羊傳》作「濆泉」，《穀梁傳》作「蕡泉」。

《公羊傳・昭公五年》載：「蕡泉者何？直泉也；直泉者何？湧泉也。」說它是名泉，因《春秋》載：「昭公五年秋，叔弓率師敗莒師於蚡泉」。除此大戰外，春秋時期戰事不絕，為報警設烽火臺，蚡泉不遠處便有人工築起的烽火臺，泉位於烽火臺以西。（幾百年之後的唐代此地有雙堠相連。唐代時在大路邊築高聳的土堆，叫做堠，作為里程的標記。如韓愈《路傍堠》：「堆堆路傍堠，一雙復一雙」。後來的生息繁衍在這方土地上的後人們對蚡泉以東那高大的土堆，是春秋時期的烽火臺，還是唐代之堠，或是古墓，感覺弄清與不清並不重要，因為那兩墩高臺一般遙遙相呼的氣勢，已經為蚡泉滄桑的歷史增添了幾分凝重）。

泉有名，繞泉居住的人家便把莊名命作蚡泉。

讀經問典的諸葛亮凡事要弄個明白，曾經有一天，他問老先生諸葛之「叔弓率師敗莒師於蚡泉」的歷史起因。

諸葛之慢條斯理地告訴他，東周景王八年夏，莒國的牟夷率牟婁、防、茲叛附魯國。莒國出兵討伐魯國。魯國派叔弓率師在蚡泉將莒軍擊敗。

賁泉肯定是一個很美的泉子，它一定泉水甘美，汩汩流淌，諸葛亮不止一次地在想。有歷史典故的名泉令諸葛亮很是嚮往，讓他魂牽夢繞。

從小有著遠大志向、善於探索的諸葛亮聽說蚡泉就在陽都城以西不很遠的蒙山山脈之下時，不時詢問識多見廣的諸葛之先生諸如泉周邊風景如何，水量大否，所距路程等。同時向當地經常出門跑路的商人打聽蚡泉的具體方位。

諸葛亮要抽機會一睹蚡泉（也做賁泉或噴泉）的真容。

陽都城內有位陳姓販賣泥壺的壯漢經常走南闖北，他告訴諸葛亮，順著蒙河往上走，經過一座叫仲丘的城邑，再往上行二十餘里，打探一下就會到達。

興平元年初夏，大麥剛剛收完，諸葛亮決心探訪一下蚡泉，他心目中的那一具有歷史典故的名泉。於是約上李容、孫茲兩個小夥伴，按照賣窯貨人的指點，奔蒙河發源的方向向上而行。

清澈的河水嘩嘩流淌，兩岸樹木濃蔭如黛，不知名鳥兒的叫聲和著蟬的嘟嘟聲一陣陣從林間傳來。初夏的日頭已經很毒，正午時會曬得人汗流滿面，但他們三人起的早，乘涼爽趕路。一路上三個夥伴有說有笑，快活得像三隻小山羊，一蹦一跳地沿蒙河北面正直向西的一條大路歡快地前行。

心中有個目標是那麼美好，他們感覺鳴叫的小鳥正是在向他們唱歌，不時經過的河溝裡的魚兒也因為他們是理想少年而在頂著水嬉戲讓他們開心。但他們三人顧不得這些，向著蚡泉急步進發。

此次離開陽都城，對於從未出過遠門，未見過大世面的李容和孫茲，畢竟是第一次遠行，走出遠遠的一段路後，兩人的歡快勁漸漸小了，每向前走一步，他倆的心就感覺離家遠了一步。一步一步向遠方走著，離家一步一步遠著，他倆的興致比剛出城時減了許多。

雖說離家遠一步，心就慌一點，但和諸葛亮一起，他倆的心裡還是感覺踏實。接近晌午的時候，他們到了蒙河北岸的一個繁華城邑，三個人喜形於色，他們知道這便是仲丘城了。

諸葛亮一打聽，果然是賣窯貨的那個陳姓漢子所說的仲丘城。

三人進得城來。這裡正是集日，城中大街上熙熙攘攘，李容和孫茲兩個小夥伴除陽都城外，沒有見過其他的城邦，仲丘城對於他們既新鮮又好奇，這時的心裡也不再有那離家遠的慌亂，於是停下上行的腳步，東瞅西看，在仲丘城逛著，欣賞仲丘之景，愉快地趕起集來。

山杏已經上市，黃黃的，挎著籃子叫賣的老丈微笑著讓他們品嘗。

頭茬子瓜也下來了，梢瓜既嫩又滑溜溜的，大熱天，讓人從心裡想吃上一根解渴，解饞。

茶攤、酒館、海貨市，賣菜的、賣豬肉的、賣馬蹄子燒餅的，賣肴肉的、馬蹄子燒餅兩個一對，肴肉湯與肉冷得晶瑩剔透。

前面不遠處，一位老婦人正站在兩個大瓦盆前叫賣，大盆裡是十幾條活旺透肥的大鯽魚，小瓦盆裡是黑皮的小河蝦。

與老婦人鄰攤的豬肉架子上，掛著一隻鱉，黃黃的麥黃鱉。

賣豬肉的壯漢正在照應買賣，李容、孫茲就停了步，上前逗逗那鱉。

此時的鱉正是最肥的時候。當地有個忌諱，說有的鱉是長蟲（蛇）變的，成了精的長蟲會傷人，它們變成鱉，就是為了傷人。只要把它在豬肉架子上掛掛，如果是長蛇精，就會現出原形。那豬肉架子上的鱉見有人看它，逗它，龜頭往外一伸一伸，兩隻黃黃的小圓眼睛既沒有悲哀，也沒有驚恐。孫茲看看地上，拾起一根草棒，他把草棒往鱉跟前伸伸，戳戳那鱉，那鱉把頭縮了回去，等孫茲不注意的時候，早被因穿透了裙沿用繩子吊著掛在架子上的鱉懷著滿腔仇恨，伸嘴把草棒咬了，且死死地咬住，孫茲費了好大力氣，把草棒拽斷了，那鱉也沒有鬆開嘴裡的一段。

賣豬肉的大漢忙完了一份買賣後，要孫茲他們不要逗鱉，說如果讓它咬著了，鱉不會鬆口，只有學驢叫，鱉才會鬆口。

打鐵的鐵匠正在忙活，徒弟把風箱拉得呼呼，師傅把燒紅的鐵用大鉗夾了，放在砧子上，小錘子在砧子的一端當當當一敲，小夥計便停了拉風箱，摸起大錘掄起來，按照師傅小錘當當聲的指點，朝紅紅的鐵上砸去。叮叮噹噹，嫺熟的動作很有韻律，在嘈雜集市上的狗吠人吆中，清脆的節奏有著音樂的美感。等把那紅鐵塊打得成型後，師傅把手中的大鉗往水裡一擩，放在旁邊盛了水的水槽中，淬火。

木匠正在為幾個農人做钁把、木耙。

諸葛亮和李容、孫茲他們三人定的目標是到蚡泉，然兩個夥伴被這裡的一切所吸引，在仲丘城的集市上開心地看開了景致。

追求的目標一放鬆，心理上便會產生懶惰性情，李容和孫茲頓時感覺有些累，精神頭也不再那麼足，就散漫下來。

諸葛亮催促他們趕路。諸葛亮說：「茲，容，蚡泉乃為你我目標之地，怎能為仲丘城繁華與新奇所迷，而不再前行。」

孫茲笑道：「蚡泉，實乃一泉，湧也，不足為奇。仲丘城何同陽都城，其美特異，何不賞悅一番。」

李容也說道：「此次在仲丘城盡情覽閱一番，等有時機，我們再訪蚡泉不遲。」

不去蚡泉，諸葛亮於心不甘，他繼續勸導二人說，如不前行：「我們的目標豈不如流水而逝。」

孫茲看看諸葛亮，他把疲憊的苦相現在臉上。他說道：「亮，我已乾渴難耐，累乏遍身，特想找一茶攤大碗飲水，前去蚡泉，實不相從。」

李容也說口乾舌燥，心無意想，不如就此作罷。

看看二人確實是累乏遍身，毫無興奮精神，諸葛亮不得不陪他們走近一個茶攤，要了三碗白水。每人喝了一大碗涼茶後，諸葛亮雖然一再鼓勵孫茲、李容繼續前行，但看樣子兩個夥伴真的累了，心上已無興致，身無探源的精神頭，疲塌懶散，身如千斤墜地，不再往蚡泉而行。諸葛亮看看天，日頭晌午了，他急得頭上直冒汗。

孫茲也看看天，他對諸葛亮說，去蚡泉，聽陳大叔說離此仲丘二十餘里，二十餘里，長長的一段路程，執意前行，今天肯定趕不回家，走時我並未向家父家及娘親實說，父母不知我們的去向，會著急的不知如何是好。

諸葛亮想想也是，看來到蚡泉去，需要兩天或者三天的時間，在外要過一夜或兩夜。猛然他感到慚愧和遺憾，那就是對這次行動考慮和估計得不足，計畫得不夠周全，準備得不夠充分。萬事都要細之再細，全面思考，才不至於被動。以後要考慮全面，有機會再去看那個具有歷史典故的地方吧。於是他把目光對著日光看了看，那日頭已經晌午歪了。目標沒能實現，諸葛亮帶著遺憾默認了兩個夥伴的想法，和他們在仲丘城玩了一個半時辰之後，看看天色不早，然後原路返回，沿著蒙河北面的大路向東，向陽都城走去。

回到陽都城不長時間，諸葛亮便隨叔叔諸葛玄離開老家陽都，他想到蚡泉，去看看那個或叫做賁泉，噴泉的泉，想實地察看一下具有歷史典故地方的願望沒有實現，這在他的一生中，是個不小的遺憾。

蚡泉從遙遠走來，向前流淌著，叮咚的「琴聲」響在人們的耳畔，但人們不知道的是，自然天籟般的琴聲中，既有諸葛亮的嚮往，又有諸葛亮的遺憾。

二十七　告別故鄉

自諸葛珪去世之後，諸葛玄於漢獻帝初平三年（西元一九二年）冬日回到故土陽都城，便和繼嫂丁氏擔當起了撫養照顧哥哥留下的幾個孩子的重任。

諸葛玄飽讀詩書，滿腹經綸，但社會動盪，家鄉陽都之地也開始遭受戰事擾亂。曹操為成就圖謀天下之霸業，廣羅人才，先後幾次派人請其出山。諸葛玄對曹操吾寧負天下人，而不讓天下人負我，逃亡時殘殺呂伯奢一家人的無情無義早有耳聞，且深惡痛絕，便予以拒絕。

一次沒有請到，曹操讓人再請，但結果又是被諸葛玄回絕。

曹操一聽諸葛玄不肯出山輔佐自己，大怒。他對所遣光顧陽都邀請諸葛玄的使者及隨從曰，請邀不來，就地殺之。

叔叔第二次拒絕曹操之後，諸葛亮就感覺到了有一種潛在的危險，他對叔叔說，曹蠻對好人呂伯奢一家人都不留一點情面地痛下殺手，為人心狠手辣，在世間口碑低下，我們如不想法一躲，勢必全家會有不測。

侄子諸葛亮的一提醒，諸葛玄也猛然醒悟，隨即思想到何處一躲。

獻帝興平元年（西元一九四年），諸葛亮已十四歲，也就是在這一年夏日的一天，正當諸葛玄想領著侄子侄女離開陽都城到何處躲一躲，躲過那萬一曹操起殘害之心，恐家中發生不測之時，他接到了袁術所署為豫章太守（今江西南昌）的委任，叔父諸葛玄便帶著諸葛亮和他的姐姐、他的弟弟諸葛均，離開老家陽都城前往豫章。

諸葛亮要離開生他養他的陽都城了，大儒諸葛之為他送來一把羽毛鮮亮的扇子。諸葛之告訴他，這是鴻鵠之羽，手握它，心胸可如容納任白雲飄蕩的天空一樣寬廣。扇一扇，可清風徐來，消除肺腑中煩悶之氣，以達淡定自若，心清氣爽。視一視，可似站於高山之巔，目窮千里，風景無限，意境悠遠。搖一搖，其便是掘甘泉之鎬，讓智慧之水汩汩湧動。在此扇伴陪，更是有那君子所愛玉玦，握於手中心內便生出高貴德潔智勇。

揮一揮，可揮起千軍吶喊衝鋒陷陣，晃一晃可晃得琴瑟合鳴天下太平。

這是一位情操高尚的老人對自己的一番厚望，諸葛亮接過這智慧德潔之物，他深情地望著諸葛之，面對給予自己厚望與囑託的前輩流淚了，淚珠兒無聲無息地落在故鄉的沃土上。

要離開陽都城了，多麼眷戀的故鄉啊！自小生存在陽都這塊土地，對家鄉的每一草，每一木，每一磚，每一瓦，每一石都無比流連。那或滔滔或平靜的沂河水、那春來草自青多情的樹木小草、那從小一起打打鬧鬧的同伴、那操著同一家鄉話的鄉親，還有埋葬娘親的那座在荒野中孤獨的墳墓，這一夜，諸葛亮躺在榻上輾轉反覆，不能入睡。

諸葛亮走出屋子。月光如水，大地是那麼寧靜，看看頭頂上故鄉的這輪明月，他真想對月亮說說心中的話，月亮不語，用母親的慈祥模樣在親切地望著他。

靜靜地讀著家鄉的這輪圓月，識文解字的諸葛亮突然感覺到了無比的寂寞，他感覺自己已經是一個離人，離人讀月就是在讀故鄉啊。讀月的他又似乎在同娘親說話，面對月亮，他讀到了離世的親人，他朦朦朧朧看到了娘親，他真想讓月亮變成娘親的臉，來輕輕地親親自己，但一個在天上，一個在地下，相隔遙遙，又怎麼能親得到呢？

娘親，今夜你又在哪裡！

諸葛亮輕輕吟道：

娘親遠
娘親近
娘在兒心內

月有圓
月會闕
母子天地隔

羊跪乳
鴉反哺
娘恩如何補

一腔情愁，使得諸葛亮對故土難捨難分。

但為了生計，他又不得不隨叔叔遠離故土。

第二天一早，臨別，諸葛亮和哥哥諸葛瑾、姐姐（後在荊州嫁與龐德公之子龐山民）、弟弟諸葛均及妹妹從沂河弄起一棵大柳樹、兩棵小柳樹，他肩抗著那棵大的柳樹，讓哥哥和弟弟各扛著那兩棵小的柳樹，他們姐弟來到母親的墳前，把一大兩小三棵寄託著無限情思的柳樹，扛到娘親的墳前。

來到娘親的墳墓前，諸葛亮和哥哥、姐姐、弟弟虔誠地挖出三個大窩，將柳樹放下坑內，填上土，把思母之情栽下，讓小小的柳樹冬天為娘親擋風，夏天為娘親遮蔭，平日兒女一般陪伴在娘親跟前，讓娘親不再寂寞。姐姐和妹妹又在娘親墳的周邊插了好多的柳枝，然後兄弟姐妹幾個一同跪下。這一跪，每個人的眼淚撲簌簌地落進了黃土裡，落在了娘親的墳上，落在了娘親的身上，落在了娘親的在天之靈上。

他們深情地為娘親磕了一個頭。

諸葛亮口中吟道：

栽下柳
插柳枝
母子相依依
磕下頭
念娘親
兒拱母懷襟

同母親道別之後，諸葛亮與哥哥、姐姐、弟弟、妹妹揮淚而去。

離開娘親的路途艱難而遙遙。離開娘親了，兄弟姐妹每一步都顯得那麼的沉重，他們知道，向前走一步，離娘的墳就遠一步，離樸頭山就遠一步，離陽都城就遠一步，離桑泉河水、沂河水就遠一步，他們不時回頭再看埋葬娘的那個土包一眼，再看樸頭山一眼，再看桑泉河水、沂河水一眼，再看故鄉一眼。

諸葛亮從內心吟出對母親、對家鄉山水、對故土的離別之情：

城廓淡
母墓遠
山高東風暖

沂河水
向南去
關山萬里路

地黃黃
天蒼蒼
從此四海是家鄉

諸葛亮與姐姐、弟弟諸葛均及妹妹隨叔叔前入豫章後，西元一九四年之秋，其兄諸葛瑾（此時已奉養繼母，獨立門戶）「棄墳墓、攜老幼、披草萊、歸聖化。」奉繼母南下揚州。

諸葛亮及姐姐、弟弟隨叔叔諸葛玄到豫章任所後，西元一九五年被劉繇派去的新太守朱皓攻破，失郡，往依劉表。期間諸葛亮師龐公、司馬徽等，並開始與徐庶、崔州平等交往，被龐德公稱為「臥龍」。

建安二年，即西元一九七年，諸葛玄去世，諸葛亮便隱居南陽鄧縣隆中，躬耕隴畝。之後劉備三顧茅廬，請諸葛亮出山，出山後諸葛亮以匡扶漢室為己任，鞠躬盡瘁，死而後已，用大智大慧，書寫了光輝傳奇的一生。

附錄一：諸葛亮生平簡介

諸葛亮，字孔明，號臥龍先生，西元一八一年出生於陽都，有哥哥諸葛瑾、弟弟諸葛均、還有一個姐姐及一個妹妹。

西元一八九年，諸葛亮九歲時生母章氏去世。十二歲，其父諸葛珪去世。

西元一九四年，十四歲的諸葛亮與弟諸葛均及妹妹由叔父諸葛玄收養，其兄諸葛瑾同繼母赴江東。翌年，其叔父諸葛玄任豫章太守，他及弟妹隨叔父赴豫章（現南昌）。

西元一九七年，諸葛玄病故，諸葛亮和弟妹移居南陽（今南陽臥龍崗）。

西元一九九年，諸葛亮十九歲時，與友人徐庶等從師水鏡先生司馬徽。

西元二〇七年，劉備前往襄陽（今湖北襄樊）三顧茅廬，二十七歲的諸葛亮對劉備陳說「隆中對」，隨即出山輔助劉備，同年首戰告捷。次年諸葛亮出使東吳，說服吳主孫權抗曹，赤壁大敗曹操。

西元二〇九年，二十九歲的諸葛亮任軍師中郎將。

西元二一一年，諸葛亮與關羽、張飛、趙雲鎮守荊州。

西元二一四年，諸葛亮留關羽守荊州，與張飛、趙雲分兵與劉備會師。劉備攻佔成都，諸葛亮任軍師將軍，署左將軍府事。

西元二一五年，諸葛亮整頓巴蜀內政。

西元二一八年，三十八歲的諸葛亮留守巴蜀，供應在漢中作戰的劉備。

西元二二一年，劉備稱帝，國號「漢」，史稱蜀漢或蜀，諸葛亮任丞相，時四十一歲。

西元二二三年，劉備兵敗白帝城，永安託孤於諸葛亮。劉備死，劉禪即位，封諸葛亮為武鄉侯，領益州牧（劉禪叫諸葛亮為宰父）。

西元二二四年，四十四歲的諸葛亮調整巴蜀內政。

西元二二五年，諸葛亮率軍南征，平定南蠻。

西元二二七年，諸葛亮上《出師表》，屯兵漢中，即日北伐。

西元二二八年，北伐失街亭，諸葛亮斬馬謖，自貶為右將軍，行丞相事。

西元二二九年，四十九歲的諸葛亮再次北伐，奪取武都、陰平，恢復丞相職位。

西元二三〇年，五十歲的諸葛亮再次北伐。

西元二三一年，諸葛亮北伐攻祁山，大敗魏軍，在木門伏殺魏名將張郃。

西元二三三年，五十三歲的諸葛亮在斜谷修造邸閣，屯集糧食。

西元二三四年，諸葛亮再次北伐，因積勞成疾病故五丈原，時年五十四歲。

附錄二：有關於諸葛亮的對聯

淡泊以明志，
寧靜而致遠。

日月同懸出師表，
風雲常護定軍山。

能攻心則反側自消，從古知兵非好戰；
不審勢即寬嚴皆誤，後來治蜀要深思。

草廬臥龍，王佐動先主三顧；
蘭田生玉，英才起吳帝唯稱。

梁父吟成高士志，
出師表見老臣心。

收二川，排八陣，六出七擒，五丈原前，點四十九盞明燈，一心只為酬三顧；
取西蜀，定南蠻，東和北拒，中軍帳裡，變金木土草爻卦，水面偏能用火攻。

諸葛亮，乘木牛流馬，持連弩，驅吐火木獸，創八陣，服三國演義群將；
逍遙子，踏凌波微步，遊北冥，于天山折梅，擺珍瓏，會天龍八部眾生。

兩表酬三顧，
一對足千秋。

一詩二表三分鼎，
萬古千秋五丈原。

三分天下四川地，
六出祁山五丈原。

草廬三顧，鼎足三分，不朽當年三義；
君臣一德，兄弟一心，無雙後漢一人。

一生惟謹慎，七擒南渡，六出北征，何期五丈崩摧，九伐志能遵教受；
十倍荷褒榮，八陣名成，兩川福被，所合四方精銳，三分功定屬元勳。

佐玄德，破孟德，而後南北三國分鼎；
生陽都，仕成都，從此東西兩地生輝。

曰宮、曰殿、曰幸且曰奔，詩史留題，千古猶存正統；
書吳、書魏、書漢不書蜀，儒臣特筆，三分豈是偏安。

定三分，燒博望，出祁山，大名不朽；
氣周瑜，屏司馬，擒孟獲，古今流傳。

赤膽忠心，使天下名臣千秋魄動；
青山白水，招人間雅士萬古神馳。

後記

浪花翻捲的沂河，厚重的陽都沃土，養育了偉大的政治家、軍事家，一代名相諸葛亮。先人那站在歷史高端洞察時局的目光，那受任於危難之間、勇於承擔歷史所賦予神聖使命的膽氣，那精於心計的智慧，那鞠躬盡瘁、死而後已的忠誠，為後人敬仰，稱道，陽都大地為之驕傲。

諸葛亮雖然十多歲就隨叔父離開陽都，但他少年時代在陽都的那些閃爍智慧光芒的故事讓人久久傳唱。在認真搜集民間傳說的基礎上，為了立體地展現諸葛亮的少年形象，我們用小說的方式，描繪少年諸葛亮的精彩人生。

文學的發展，文化的繁榮，是時代文明進步的標誌。文化事業的建設需要大家共同努力，書中引用了王秀雲女士搜集整理的「謙讓、半吊子壺、觀天象、火燎蜂房、王八打鼓」等多個民間傳說，對其辛勤搜集整理、同意讓我們引用並在此基礎上再創作加工深表謝意。

由於水平有限，在將民間有關諸葛亮少年時代傳說轉換成小說的過程中，難免有對人物心理的把握，時代背景的描述，或因對歷史知識的欠缺而導致的與史實不吻合等不當之處，敬請各位專家、學者、廣大讀者朋友海涵。

二〇一一年十一月於陽都

少年文學21　PG1216

少年諸葛亮

作者／王悅振、劉京科
責任編輯／劉　璞
圖文排版／周好靜
封面設計／王嵩賀
出版策劃／秀威少年
製作發行／秀威資訊科技股份有限公司
114 台北市內湖區瑞光路76巷65號1樓
電話：+886-2-2796-3638
傳真：+886-2-2796-1377
服務信箱：service@showwe.com.tw
http://www.showwe.com.tw

郵政劃撥／19563868
戶名：秀威資訊科技股份有限公司
展售門市／國家書店【松江門市】
104 台北市中山區松江路209號1樓
電話：+886-2-2518-0207
傳真：+886-2-2518-0778

網路訂購／秀威網路書店：http://www.bodbooks.com.tw
國家網路書店：http://www.govbooks.com.tw
法律顧問／毛國樑　律師

總經銷／聯寶國際文化事業有限公司
221新北市汐止區康寧街169巷27號8樓
電話：+886-2-2695-4083
傳真：+886-2-2695-4087

出版日期／2014年12月　BOD一版　**定價**／290元
ISBN／978-986-5731-09-0

秀威少年
SHOWWE YOUNG

國家圖書館出版品預行編目

少年諸葛亮 / 王悅振, 劉京科著. -- 一版. -- 臺北市 : 秀威少年, 2014.12
面 ;　公分. -- (少年文學 ; 21)
BOD版
ISBN 978-986-5731-09-0 (平裝)

859.6　　103017910

讀者回函卡

感謝您購買本書，為提升服務品質，請填妥以下資料，將讀者回函卡直接寄回或傳真本公司，收到您的寶貴意見後，我們會收藏記錄及檢討，謝謝！

如您需要了解本公司最新出版書目、購書優惠或企劃活動，歡迎您上網查詢或下載相關資料：http:// www.showwe.com.tw

您購買的書名：＿＿＿＿＿＿＿＿＿＿＿＿＿＿＿＿＿＿＿＿

出生日期：＿＿＿＿年＿＿＿＿月＿＿＿＿日

學歷：□高中（含）以下　□大專　□研究所（含）以上

職業：□製造業　□金融業　□資訊業　□軍警　□傳播業　□自由業

□服務業　□公務員　□教職　□學生　□家管　□其它＿＿＿

購書地點：□網路書店　□實體書店　□書展　□郵購　□贈閱　□其他

您從何得知本書的消息？

□網路書店　□實體書店　□網路搜尋　□電子報　□書訊　□雜誌

□傳播媒體　□親友推薦　□網站推薦　□部落格　□其他＿＿＿＿＿

您對本書的評價：（請填代號　1.非常滿意　2.滿意　3.尚可　4.再改進）

封面設計＿＿　版面編排＿＿　內容＿＿　文／譯筆＿＿　價格＿＿

讀完書後您覺得：

□很有收穫　□有收穫　□收穫不多　□沒收穫

對我們的建議：＿＿＿＿＿＿＿＿＿＿＿＿＿＿＿＿＿＿＿＿

請貼
郵票

11466
台北市內湖區瑞光路 76 巷 65 號 1 樓

秀威資訊科技股份有限公司 收

BOD 數位出版事業部

....

（請沿線對折寄回，謝謝！）

姓　　名：____________________　年齡：________　性別：□女　□男

郵遞區號：□□□□□

地　　址：____

聯絡電話：(日)____________________ (夜)____________________

E-mail：____